知常

吴克敬 / 著

天津出版传媒集团
百花文艺出版社

图书在版编目（CIP）数据

知常 / 吴克敬著. -- 天津 : 百花文艺出版社, 2019.6

ISBN 978-7-5306-7718-6

Ⅰ. ①知… Ⅱ. ①吴… Ⅲ. ①散文集-中国-当代 Ⅳ. ①I267

中国版本图书馆 CIP 数据核字(2019)第 087292 号

知常

ZHICHANG

吴克敬 著

选题策划:韩新枝　　**整体设计:**郭亚红

责任编辑:赵世鑫　胡晓童

出版发行:百花文艺出版社

地址:天津市和平区西康路 35 号　**邮编:**300051

电话传真:+86-22-23332651（发行部）

+86-22-23332656（总编室）

+86-22-23332478（邮购部）

主页:http://www.baihuawenyi.com

印刷:北京印匠彩色印刷有限公司

开本:787×1092 毫米　1/32

字数:160 千字

印张:10.625

版次:2019 年 6 月第 1 版

印次:2019 年 6 月第 1 次印刷

定价:49.00元

如有印装质量问题,请与北京印匠彩色印刷有限公司联系调换

地址:北京市顺义区高丽营镇

电话:(010)69491689

邮编:101399

目 录

第一辑　知常情缘

第二辑　知常情味

第一辑　知常情缘

在父亲眼里

回头来看，父亲离开我虽已四十七年，但我感觉得到，父亲的目光依然注视在我的身上，时刻都没有偏离。

天下老儿爱小儿。我们兄弟姐妹多，在我前头的哥哥姐姐们，没谁敢惹我，他们惹我的后果很严重，不可避免都要被父亲修理一顿，轻则骂，重则打。所以说，我在父亲眼里，是最受宠的。但我不得不说，我也是被父亲管教得最严厉的。譬如父亲教我写毛笔字，就特别严厉。我虚岁七岁时上学，可写毛笔字的时间，要往前推一年半，亦即五岁半时，父亲喜欢虞世南的父亲，就把他临过的书帖找出来，让我临写。家住法门寺北的闫西村，背靠着中观山，天热的时候，有风从山坡上吹下来，倒也清爽惬意；而天寒的时候，顺着山坡吹下来的风却像刀子一样，直刺人的脸。这个时候，恰是父亲逼迫我练习毛笔字的不二时机。父亲说了，寒暑习字,你不用脑子,用手都能记得住。父亲过世四十二年后,亦即 2010 年 10 月,我从鲁迅的故乡绍兴领取“鲁迅文学奖”回来,朋友们给我拿来笔墨纸砚,铺在我的书案上,要我来写毛笔字。我心里打鼓了,却又无奈地捉起笔来,在一张四尺的宣纸上,一口气写出“耕心种德”四个字来,放下笔,在朋友们由衷的掌声中,我仔细地端详了一遍,直觉父亲此刻就在我的身边,给我又说了一遍他当初跟我说过的话。

我必须承认,父亲有先见之明,人的确有两种记忆:一在大脑;一在肌肉。往往是大脑的记忆因为情感等因素的左右,可能会有这样那样的偏差;而肌肉的记忆,是坚强的,是牢靠的,不会因为这样那样的干扰,产生一丝一毫的偏差。小时候,我在父亲的逼迫下,练习过毛笔字。练习过就是练习过,正如我是一个木匠,年轻时做过一段时间木工活儿,做过就是做过,几十年没练没做,动手再练再做,心不跳,手不抖,依然会练得有模有样,依然会做得有型有款。

是的,我练习毛笔字,是父亲逼迫的;而我学做木工活儿,则是生活逼迫的。

父亲逼迫我练习毛笔字,选择的时间多在晚上睡觉前，无论寒暑，我要脱鞋上炕，必先到炕跟脚的书桌前，磨墨临虞世南的字帖。父亲准备了两页米字格习字纸，我在米字格里把大字写足，然后把米字格之间的空隙用小字填满，才算完成任务。这时候，我的心跳是急促的，因为我写好的习字纸，要捧给父亲验收。父亲满意的话，就把他锁着的核桃木枕匣打开，从一块大大的焦糖上，掰下小小的一块，亲切地叫着我的小名，让我靠他近一些，用舌尖舔一口，趁着唾沫的黏糊劲，把小小的焦糖粘到我的额头上。是夜，我睡在父亲的身后，背靠着他的温暖，会睡得像额头上的焦糖一样甜蜜。来日，我还会头顶着焦糖，在村里，在学校，招摇一整天。但是如果父亲认为我习字不够认真、不够到位，他会立马黑下脸来，让我伸出习字的手，把他抽着的黄铜大烟锅抡起来，在我的手心抽一下。被父亲抽过的手心，先是浮现一个白色的小圆圈，过一会儿还会红肿起来，到了第二天早晨，更会成为一团青紫色，色彩和其凸起的样子，恰似我曾经骄傲地顶于额头的焦糖。

在父亲的逼迫和诱惑下，我的毛笔字有了不小的进步。但是，钢笔这种新的书写工具，在我上学后，越来越为我所喜爱。父亲没有泥古而乐于接受新鲜事物，他北上中观山，砍了几天的硬柴，挑到四五十里外的法门镇卖了后，给我买了一支当时最有名的金星牌钢笔。我用这支钢笔，于 1966 年考入中学，还准备用这支钢笔从中学升入高中，然后再考入大学，为我理想的生活而努力。可是，“文化大革命”爆发了，父亲被扣上一顶“村盖子”的大帽子，拉出来批判斗争了。

造反派给父亲做的高帽子有三尺高，糊了纸，写了字。父亲得到高帽子后，没有因为高帽子而不开心，他只是觉得高帽子上的毛笔字写得太丑陋了，这使他心里极为不爽。父亲熬了糨糊，在高帽子上重糊了一层纸，然后研墨捉笔，要自己重写一遍，他把墨笔都按在高帽子上了，却叫我来，让我工工整整地用虞体给他重写了。父亲很是得意他的这一做法，来日自己戴上高帽子，到造反派指定的地点去接受批斗。可是问题来了，批斗会开到一半时，有人发现父亲高帽子上的字是那么工整，便怒吼一声，把父亲的高帽子打落在地，几脚踩烂后，又糊上纸，歪歪扭扭地写上父亲不能忍受的那种字……包括我这个他爱到骨子里的小儿子在内，都没想到，只是这一那时最为普遍的践踏，让父亲在批斗会结束后，拖着沉重的脚步回到家里，没有吃，没有喝，第二天凌晨，用一根绳子，把自己羞死在了高帽子前。

父亲用他的生命，维护着文化的尊严。

父亲的这一决断，从此扎根在我的心里，无论我回乡成为一个农民，春天耕种，秋天收获，还是自学成为一个木匠和雕漆匠，走千家，串万户，我都深怀着对文化的敬畏和探索。我之所以这么坚持，都是因为我知道父亲用他热爱文化的眼光一直看着我，我不能懈怠，不能逃避，父亲如炬的眼光，是我朝着文化的方向奋勇追求的指路明灯。我过而立之年，通过自己的努力，从我生活的小堡子闫西村，走进了扶风县城，再后又到了咸阳市里，最后落脚在大堡子西安。我没有旁顾，而在父亲目光所及的范围内，认真做着父亲希望我做的事情。在父亲节来临之际，我写下这一切，既是对父亲的纪念，更是对自己的鼓励。

父亲看着我，我在父亲的眼里。

2015 年 6 月 16 日　西安曲江

舌尖上的母亲

都是乡党呢，一批20世纪毕业于扶风中学的八〇级好乡党，相聚在古城南二环的顺风饭店，冷酒话热肠，说着说着就说起了老娘，说起老娘的面条，慨叹老娘在，就有口福，就能吃到天下最好吃的面，老娘不在了，便没了这一份口福。其中一人，言语至此，竟然哽咽不已。为此，我插话了，像席间在座的乡党一样，感叹老娘的面食好，为世上所仅有。我之所以感叹，因为自己的视觉、味觉器官，虽然真实地存在着，却难给自己真实的感受。我要说，欺骗自己最甚的莫过于眼睛和耳朵了。什么眼见为实，什么耳听为实，大家想一想，谁没有被自己的眼睛欺骗过？谁没有被自己的耳朵欺骗过？便是成为影像的照片，成为录音的磁带，可都是眼可见、耳可听的事物呢，法律与时俱进，照片、磁带也不像过去，可以拿到庄严的法庭上作为证供来用了。

眼睛会欺人，耳朵会骗人……人的器官难道就没有可以依靠和信赖的了？当然不是，舌头还是能够依靠和信赖的呢。乡党的聚会，说到了母亲，说到了母亲的面食，就是最有力的证明，舌头不会欺骗人，辣就辣了，酸就酸了，甜就甜了，苦就苦了，是绝对不会欺骗人的。也就是说，母亲的面，自然是香的，这没有理可讲，也没有道可论。记得2003年的时候，我即写了一篇名为《想起老饭店》的散文，文中我为母亲做出来的清汤臊子面自豪，“筋薄长，煎稀汪，酸辣香”，形神兼具，诸味谐调，是我们村子里最好吃的面食。文章写好后，刊发在贾平凹主编的《美文》杂志上。忽一日，我午饭后休息，刚打了一个盹儿，手机却没命地叫了起来，我赖在床上不想接，但手机的铃声响过一波，喘过一口气来，又一次吼叫起来，没奈何，我拿来手机，打开一接，传出了一位老领导的声音。我那时在西安“两报”工作，常要上夜班，经验告诉我，这位宣传部的老领导在这个时候打电话来，是没有好话说的，那一定是报纸惹下了麻烦，领导打电话问责来了。我心惊肉跳地听着，果然听出老领导的不满和埋怨。他批评我太不公正，太私心了。两句严厉的开场白，我受惊的心当下提到了嗓子眼儿，往下听，我才听出老领导的不满和埋怨，与我的工作无关。他是刚读了《美文》上我写母亲的那篇散文,想要与我理论。他说:“你太过分了，怎么能说你母亲做的臊子面是村里做得最好吃的呢？”此话一出,他似乎更为愤怒,接着还说:“我告诉你,我母亲的臊子面才是村里最好吃的哩！”不管老领导的口气如何不满,如何愤怒,我听到这里,把提着的心又放回了肚子里,同时调整好自己的情绪,要和老领导就这一问题理论一番了。我对他说:“你还别不服气,我在写母亲时,只客气地写了是在我们这一个村子里，要依我心里想的写,我会写我母亲做的臊子面是世界上做得最好吃的呢！”老领导在电话那头不出声了,他沉默了一阵子。我知道他为什么沉默,为人谦和,非常有正义感,也非常有学问,非常有爱心的宣传部老领导,和我一样,是都吃不上母亲做的面条了。我向沉默着的他说了这句话,他声音低沉地回了我同样的一句话:“是啊，我们是再也吃不上母亲做的面条了。”然后,我俩都默默地合上了手机的翻盖。

这就是母亲了,舌尖上的母亲啊!

母亲可以抛下我们而去,但母亲的味道将永远成为我们的记忆。

这不是“子不嫌母丑”的问题,是一种惯性,包含着无限的母爱。从母亲忍痛把孩子生到世界上,一勺汤,一根面，一顿顿，一天天，一月月，一年年积累起来的母子之情，其中含有母亲怎样的辛劳，怎样的悲苦，就那么坚韧地、顽强地附着在了舌苔上，变成一种味道，母亲的味道。

是啊！母亲的味道，没有理由地成为最具排他性的味道。母亲的味道美丽，香醇，难忘。我还想了，这是不是也是故乡的味道？没有谁不想长久地缠绵在母亲的怀抱里，成为母亲不离不弃的“宠物”。但是，这只能成为孝顺儿女深埋在心底的愿望，好男儿志在四方，好女儿情满天下，长大了，翅膀硬了，有了理想，是都要离开母亲的。这似乎与孔老夫子“父母在，不远游”的孝顺观不太合拍，但能有什么办法呢？背井离乡，为儿女者，如果不能“远游”，那才会是母亲所忧愁、所心痛的呢！母亲含辛茹苦，还不都是为了儿女有出息，从自己的身边走开，走得越远越好，哪怕是漂洋过海，到遥远的欧洲大陆去，到遥远的美洲大陆去……在母亲的心里，有一点可能，都会想着，给自己的儿子生出一对翅膀，让儿子成为一匹遨游太空的天马；给自己的女儿生出一双翅膀，使女儿成为一个纯洁无邪的天使。这样也许叫母亲痛苦，叫母亲慨叹，但儿女若能够如母亲所理想的，母亲那样的痛苦和慨叹，都将化为快乐，笑在脸上、乐在心里呢！

这就是爱，母亲的爱啊！没有母亲不希望儿女有出息，而儿女自己也希望自己有出息。所以说，一条悖论横亘在儿女们的面前，他们一切的努力，其实都是为了离开母亲，离开母亲的味道、母亲的爱。这是残忍的，残忍地造成一种距离，但这距离又能怎么样呢？哪怕到海之角，到天之涯，都不能分离母亲惯给儿女的味道，舌苔上的味道！

我说了，这可不只是母亲的味道，也还是故乡的味道呢。

母亲和故乡，就这么严丝合缝地结合在一起，是不能分的，牢牢地黏结在我们的舌苔上，无论天南海北、万水千山，无论风霜雨雪、江河湖泊，没有什么能够改变。2011 年的初冬，我受同济大学的邀请，前去进行一场关于文学的专题报告。我的女儿吴辰旸就在同济大学的土木工程学院本硕连读，她和学校的领导来机场接我，坐上汽车，女儿给我说的头一句话，是让我来日陪她一起去办赴美国的护照。那一瞬间，我感到了女儿和我的距离，我侧面看着她，没说与她去办护照的话。女儿也许看出了我的诧异，她莞尔一笑，又问起我一件事来。

女儿吴辰旸问："给我带的凉皮呢？"

凉皮是西安的一种小吃，小麦粉和大米粉都能做。把粉拌成稀稀的粉浆，在一种专门的不锈钢箩儿里摊开了蒸，然后切条装碗，调辣子调盐调醋，凉拌了吃，又筋又滑，很受市民喜爱，大街小巷，到处都有卖的。我来时，女儿和她妈妈可能在电话里沟通过了，女儿想她妈妈的味道，让妈妈在家里给她做了凉皮，我自然要带来，可走时匆忙，竟然忘了。被女儿问起，我在自己脑门儿上拍了一掌，老实地跟女儿说："你妈倒是给你做了的，可我忘带了。"

女儿听得无奈，把欠着的身子重重地靠在了汽车椅背上。我让女儿失望了，为了弥补过失，我答应了女儿。

我说："明天爸陪你去办护照。"

2011 年 12 月 7 日　西安曲江

想起老饭店

想起老饭店,就想起了我的母亲。

母亲夏彩莲一次无意的叮咛,就把她经营一生的家庭厨房命名成了“老饭店”,从此“老饭店”亦刀雕一般镌刻在我的心里。

很自然的,我母亲夏彩莲是老饭店当之无愧的老板,而我的父亲,以及克义、克仁、克强、克智、克敬、忍忍、洞洞我们兄弟姊妹七人,是老饭店的忠实客人。好像是三哥克强工作后,过中秋回家来吃的一次晚饭,兄弟姊妹一伙都到齐了,大家吃饱了,喝足了,饭碗菜碟也都撤走了,母亲却突然伤感起来,汪汪泪水无声地涌出了眼眶。母亲的情态把我们兄弟姊妹吓住了,大家面面相觑,不知如何是好。深谙母亲心思的父亲却笑了,对我们兄弟姊妹说:“你妈是高兴哩。从老大、老二、老三、老四都出去工作后,啥时你妈都会念着你们,怕你们吃不好,穿不好。”父亲这一说,母亲也笑了,挂在脸上的泪珠,晶晶莹莹,透着一个慈母的明亮。母亲接着父亲的话茬说:“大了。都长成人了。妈留不住你们,可你们都记着,妈的老饭店,你们啥时间回来,啥时锅都是热的。”

母亲的伤感随着她的念叨退去了,而我们兄弟姊妹却又都伤感起来,尤其是十六岁出门,在外工作了多年的二哥克仁,禁不住上去挽住母亲,嗷嗷地号哭起来。在那一刻,我们兄弟姊妹都深情地注视着母亲,无不伤心落泪。后来,我们兄弟姊妹背着父母亲议论,都说母亲老了。她老人家为了拉扯我们兄弟姊妹七个,消耗尽了红颜,鬓角已如霜杀过一样了。

母亲的脚很小,是旧时非常标准的三寸金莲;而母亲的手很大,手指纤细柔长,是应该拨弦弄丝的那种指型。然而,母亲没有那个条件,尽管她很喜欢听戏听音乐,却终其一生,只做了一个地道的家庭妇女。“老饭店”,母亲的这一总结,真是太合乎她的实际了,从我懂事起,早早晚晚,母亲都是围着三尺灶台。锅、碗、瓢、盆,油、盐、酱、醋,是母亲的全部生活道具,她熟练地操持着这一切,煎熬着柔美温暖的生命。

在老饭店里，母亲是辛劳的，她所有的日子都淹没在无穷无尽的煎煎炒炒和蒸蒸煮煮中，天长日久，很是出脱了几手绝活儿。农家的饮食，不敢奢望精细，于粗茶淡饭中做出别样的滋味，是母亲的偏爱。就说这至为家常的搅团，母亲能用玉米面做，也能用高粱面做。因为玉米搅团性凉，高粱搅团性热，独食一种，于人的脾胃稍嫌不合，母亲就打一份玉米面的搅团，再打一份高粱面的搅团。热食，碗是一半金黄，一半紫红，仅那色彩的对比，就让人十分眼馋了；而冷食，在案上均匀地摊开，也是一绺金黄，一绺紫红，切成指样条子，调上盐醋辣子油，拌上葱花、蒜苗之类的小炒（小炒者，在铁勺里点一滴油，在锅眼里大火明炒此许几段），就非常的有味儿。送一条入口，还没嚼，却竟自滑溜溜进了胃肠。不识文字的母亲，还给她的这样一种搅团起了一个十分雅致的名称：金粉红颜。

还有麦面搅团，在母亲做来，更是多了一份匠心。母亲说：搅团要好，七十二搅。重要的一环在那个“搅”字上，为此母亲备了一把长柄的柳木勺，并认定只有柳木勺才是打搅团必不可少的利器。还别说，这“七十二搅”是个力气活儿，一次家里来了客人，母亲要用麦面搅团做招待。天还未明，母亲就把麦面揉好，在水盆里洗起来，一百遍、两百遍的揉洗，淀粉都跟着水洗出来，盛在一只大盆里沉淀，洗剩的面筋，兑一点蒸馍用的曲头，捂在另一只小盆里发酵。赶在九点饭前，发酵好的面筋蒸出来了，这就要打搅团了，而刚才失踪了一会儿的母亲匆匆地回来，手里多了一把俗名“掐不齐”的野草，在滚锅了的水里煮一小会儿，再滤出来倒掉，锅里的水即变颜变色，有点红，又有点褐。这神秘的一手引起了我的兴趣，凑上去看时，却听得母亲沉沉的一句话，让我拿柳木勺打搅团。我是听话的，应声操起了柳木勺，随着母亲往锅里倾倒淀粉的节奏，不紧不慢地搅动着，越搅越黏，越黏越吃力，越吃力搅动的速度越慢，而母亲又催促起来，催得一声比一声急，到后来母亲干脆夺过柳木勺，自己来搅。站在一旁的我，喘着粗气，感到十分的窘迫。再看母亲，柳木勺在锅里的搅动速度明显加快了许多，而汗珠也从母亲的额头渗出来，湿润着母亲粉粉的脸腮，其时，我感到母亲漂亮了，从来没有过的漂亮。

这一餐麦面搅团成了我一个永远的记忆。染了色的麦面搅团，透着玛瑙般的光泽，粉嘟嘟，亮晶晶，让客人疑是闻名乡里的扁豆油炒粉。然而这只是老饭店创新食谱中的一种，母亲的手艺常做常新，谁知道哪一天，她又会推出什么新花样。就说这关中人久吃不厌的面食，母亲变着花样也能做出二三十种，乡下困窘的生活，哪能由着母亲的性子变花样，但极富创造力的母亲，还是想着办法，为我们兄弟姊妹的成长供应着养料。麦面不多，擀一些，下在小米粥里，就是米儿面；下在玉米粥里，就是糁子面；下在大麦粥里，就是麦仁面……好像这面片与粗粮的配合，有着一种神秘的作用，吃起来别有一番风味，套用现在的一句广告语就是：味道好极了。

可我们兄弟姊妹望眼欲穿的还是母亲的臊子面。关中西府的女子，谁不会做臊子面呢？但要做得地道，做得让人留有念想，却不是哪一个女人都能做到的。这有汤上的讲究，色上的讲究，更有面上的讲究，所谓"汤鲜、色亮、面筋"。都是用油、盐、醋，调出来的汤却大异其味。有的苦涩，有的鲜香；有的色艳，有的色萎。而母亲调汤，没有一次失手，并时常被人请去"救汤"（所谓"救汤"，是帮助人家把调得走味了的汤正过来），且每救必活，皆大欢喜。汤好了，还要面好。有一件往事，仿佛一段传奇，最先从父亲嘴里吐露出来，我们也就笑着打哈哈，谁也没有当真，只是想着父亲对母亲的偏爱。可后来，左邻右舍也都说起，我们还能怀疑吗？

好像是个大忙的日子，母亲起早揉了一个团面，醒在一个盆子里，搁在水缸盖上就下了地。想不到蹿来一只野猫，觊觎盆里的面团，前爪搭上盆沿，用力上蹿，打翻盆子，一个团面无可挽救地落进了水缸。就这么在水里泡了一个上午，饭时母亲回来，原以为早成了一摊面浆，把面捞出来，却依然是硬硬的一团，一滴水都没浸进去，擀出来的面，还是那么筋道，还是那么光亮。这件事在村邻中久久地流传着，到母亲去世多年，新一茬的婆娘媳妇，也都不无敬羡地传颂着。可以设想，这件事会成为我们村婆娘媳妇代代相传的一个典范：揉面，就要揉成这样子！

农家的日子，不论母亲在她的老饭店里怎么翻新，所煎所炒，所蒸所煮，也都只是农家的生活，便有了很大的局限，缺粮断顿的时日免不了会发生。20 世纪 60 年代初的那几年，普天之下闹饥荒，其时母亲的表现像一个当代“神农氏”，她走出她的老饭店，到荒野中找寻补充，大家熟知的野菜被挖完了，便于百草中发现新的可食品种，枸杞芽掐回来了，酸枣芽掐回来了，皂角芽掐回来了……也不知母亲都采回了什么样的野菜野芽，每一样都是她在老饭店里先食用后，认为可以充饥，再做出来，填饱我们咕咕乱叫的饥肠。至今想起来，枸杞芽、酸枣芽、皂角芽，还是那么好吃，筋筋的，脆脆的，有的苦中带点甜，有的涩中带点酸，都是非常美味的吃食，在崇尚自然、崇尚绿色的今天，有谁能把母亲用以度荒的野菜野芽整理开发出来,肯定会有一个前程灿烂的市场。

1994 年 7 月,母亲以八十三岁的高寿无疾而终,临咽气时, 她对我们兄弟姊妹却不无抱愧地说:“妈这一辈子,把我娃都亏了,吃没吃好,穿没穿好,妈悔呢! ”听着母亲的话,我们兄弟姊妹的脸都红了,火烫烫地烧着,有泪珠从眼眶涌出,热热地流过面颊,滴在母亲惨白的脸上,我们一哇声哭着说:“妈不亏。妈不悔。是我们亏了妈了。是我们有悔。”

2000 年 7 月 29 日　西安后村

毛练子

毛练子是母亲给我织的。

上太白山割扫帚，光有一把锋利的镰刀是不够的，还必须有两条绵羊毛编织的毛练子。没有毛练子，就不能走进太白山，就不能完成割扫帚的任务。我这么说，没有那个经历的人，是无法想象的，其艰难程度，不敢与鬼门关相比，但也差不了多少。然而农业生产需要扫帚，城市的清洁卫生需要扫帚，因此就有了“割扫帚”这门营生。现在的情形我不知道，我参加割扫帚大军的时候，任谁都不能为所欲为，一切都是国家物资，一切都要按计划进行。割扫帚的营生，就计划在当地的供销合作社，谁从供销社争取到计划指标，谁才有条件上太白山割扫帚。这在20世纪七八十年代，是一项既艰苦得要命，又甜蜜得要命的副业。大家在集体化的体制下，当时的情况是，吃饱肚子都成问题，而维持日常生活的花销就更成问题，有副业可做，挣两个活钱，什么艰苦，什么艰难，就都不是问题了。

我忘不了，生产队为了争取到割扫帚的副业，向负责这项副业的供销社还提供了两袋红薯，这才拿到了上太白山割扫帚的副业。

我还记得，在生产队获得上太白山割扫帚的喜讯后，我们地处渭北高原上的小村子，是怎样的欢欣呀！生产队先是要选拔十来个体力好、有眼色的壮年男子来。选谁好呢？还真是不容易，都在一个村子，都是日出而作，日落而息的青壮农民，谁的体力不好呢？谁没有眼色呢？一时定不出个标准来，就在一个年龄段里，用抓阄这个最原始的办法，抽出了十来个人。抽到的人喜笑颜开，没抽到的人垂头丧气。这是为什么呢？原因很简单，抽到的人，上太白山割扫帚，割一把可以补助五分钱。

我幸运地抽到上太白山割扫帚的阄。母亲得知这个消息后，便手忙脚乱地给我织毛练子了。老人家先把家里积存下的羊毛掺上干白土，在院子里摊开来，手拿两根桃木条子，一遍一遍地抽打，把毡片一样的羊毛抽打得蓬蓬松松、白白亮亮，然后就团在手里，来拧毛条了。一段羊拐骨做的拐子，欢欢畅畅地在母亲的手中旋转着，从母亲手中的羊毛团里，抽出一条不断头的毛条来……然后母亲就用毛条，一针一针地给我编织毛练子了。

母亲给我编织的毛练子有五寸宽，一丈二尺长。

我把母亲给我编织的毛练子带上太白山，在割扫帚前，先由有经验的人给我从脚开始往腿上裹，一层压一层，一直缠裹到腿弯上，这才手拿镰刀，踏着山坡上的积雪，往生长着毛竹的地方找……这个时节，一般掌握在春天树梢未发芽的时候，这时的太白山，一片苍茫，很容易发现绿着的毛竹。然而，发现容易，要走进去却很困难，深一脚浅一脚，攀爬在没有路只有灌木杂草的荒坡上，不用足力气，便一步都走不出去。到这会儿，就知道毛练子的好了，毛练子不怕雪浸，好像越是雪浸，毛练子会越紧致，踩着什么，什么就会让步，便是割得遍地的毛竹茬子，尖削如刀，也无大碍，缠裹着毛练子的脚踩上，只会把锋利的竹茬踩劈，而不会伤了自己的脚。

劳动者的创造和发明，在缠裹着腿脚的毛练子上，得到了一次非常好的体现。

试想一下，如果没有缠裹着腿脚的毛练子，防寒先是一个问题，积了一个冬天的冰雪，走进去一会儿，就可能冻伤人的脚；再是毛竹茬子，布鞋奈何不了，胶鞋更奈何不了，只有毛练子,既能保暖,又不畏竹茬。在毛练子的保护下,我头一天割扫帚,就割了五十多把,让我很是开心了一场。

那时候的我,可是年轻哩!

艰苦繁重的割扫帚副业, 在太白山里搞了小半个月,结束后要撤出山时, 和几个同样年轻的小伙儿一商量,便脱离大队伍,向着太白山的主峰顶爬了去。

传说激励着我们,我们攀爬得奋勇而快捷……那都是些什么传说呢? 自然都是独属太白山的传说了。传说药王孙思邈,三十八岁后三次隐居太白山,进行采药、修炼、为民除疾的专门研究,竟达二十五年之久,这为其著述《备急千金要方》《千金翼方》两部医药学巨作,积累了确实可靠的基础资料,其成就卓越,不仅被国人称其为"药王",西方医药学界也尊称他为"医药学之父"。传说王重阳自大金大定七年(公元 1167 年)在太白山创立了道教全真派,此后至今,全真派在道教都居于主导地位。在他的影响下,明清时期,太白山自下而上,每隔二三十里,山道两侧的悬崖峭壁之上,便有由民众自发建设的道观……总之,太白山的传说太丰富了,不是我的一篇短文能够传说明白的,不过,有一个传说,说什么我都要再传说一遍。

传说太白山的峰顶上有三处海子, 分别称为大爷海、二爷海、三爷海。

嗨嗨！仅凭那样的名字，也是够人玩味的了。峰顶上的湖泊，能有多大水面呢？肯定不会很大，却辉煌得被人尊称为海。其中的奥妙，我想：不是古人为其起名时不懂“海”的辽阔，不知“海”的深邃，而是太知道了，才给太白山峰顶的小小湖泊，慷慨地赐予了“海”的称谓，谓其虽小，但不失海的辽阔与深邃！与此同时，还把三处高山湖泊，又都“大爷”“二爷”“三爷”地叫着，让人顿感一种亲切与温暖，仿佛几乎齐天的大爷海、二爷海、三爷海，就是疼着自己、爱着自己的邻家爷爷一般。

哦哟！便是如此，还不能说明问题，人们就还传说着，传说守护着爷爷般海子的，是一些叫不出名字的神鸟，它们悄悄地栖居在海子周围的树林里，风把一片树叶吹落在海子上，把一根枯枝折落在海子上，那些神鸟就会翩然飞来，俯冲到水面上，是一片树叶呢，一只鸟儿衔起来，飞进树林里，扔在林地上；是根枯枝呢，就有两只或三四只鸟儿飞来，俯冲到水面上，合力衔起来，飞回到树林里，丢弃在林地上！

传说神奇吧！

传说美丽吧！

但是那次我们没能亲眼见到神奇美丽的传说。因为我们迷路了，在千山竞秀、万峰耸立的太白山，攀爬了多半天的时间，即南北不辨、东西不知地迷在其中，像几头横冲直撞的瞎眼驴子，在太白山的峰林之间乱转，转到天黑，累了饿了，找一处崖窝，抱几萎枯草树叶，相互依偎坐着睡了一个晚上，第二天起来，继续我们的瞎冲瞎撞……我们瞎冲瞎撞了三天，渴了喝一口山泉水，饿了捡一把松子或是别的什么来吃，到这时，我们都觉出了后悔，也都觉出了害怕。幸好有个采药的人，意外地发现了我们，帮助我们走出太白山，走回到关中道上的家里。

这一次惊险的太白山之行，烙印在我的记忆里。已经过去了四十年。前些日子，太白山旅游区管委会组织全国各地的作家，深入太白山景区采风，我也去了，自然地想起那些曾经的经历，心里不觉热热的，竟有种说不出的滋味在涌动。及至数十年后，我再次进入太白山，惊喜地发现这里变了，变得现代化了，是一种融入历史元素的变化，我喜欢这样的变化，而且相信还会继续变化，并且相信会变得更好！

2013 年 10 月 30 日　广西南宁

梅花酒杯

酒浆扯成了线，丝丝缕缕地滑入一只彩绘了梅花的酒杯。我有太多的泪水，像这晶莹的酒浆一样，在眼的湖海里涌动，流出，清清亮亮的一滴，竟溅进了我面前的这杯酒液里，溅出一声惊心动魄的声响。我睁开婆娑的泪眼，看见捏在手中的酒杯，奇迹般地壮大起来，特别是酒杯上的那株梅花，突兀在风雪弥漫的冬天，满目灿烂的亮红。我看见敬爱的蒙万夫老师，从荡荡的酒液中走来，顶着风，顶着雪，来到枝摇花开的梅花树下。我晓得，他只能从酒液中走来，他的灵魂和精神，都闪耀着极致纯粹的酒光。我还晓得，他将永远与梅花为伴，圣洁高雅的梅花，不求助绿叶的呵护陪衬，不需要春雨的滋润营养，全凭着抗风雪斗严寒的本质，在白雪皑皑的世界里，独自展现自在的壮美与活力。

我独自坐在这个深冬的夜里，手捏着这只梅花酒杯，一口又一口地喝着辣得喉咙发疼的酒。十分普通的一只陶瓷酒杯,因为上面烧制了一株凌霜傲雪的梅花,便深得蒙万夫老师喜爱,他把它送给了我,亦成为我珍爱的宝物,清冽的酒液从细圆的酒杯滑进我的口中,缓缓地流过舌面,再从喉咙淌进肺腑,直达每一根血管,仿佛要经历十年百年的跋涉。

一个人的冬夜,一杯烧酒,一盏昏灯,我静静地回味纯粮酿制的美酒,浓烈的如火的酒液,勾起我无尽的回忆。

到西北大学读书,对我这个农家青年,本已经是个破碎的梦。尽管我一边做着沉重的木匠活儿,一边写了许多叫“小说”的文章。最使我扬眉吐气的,是我的中篇处女作《渭河五女》被《当代》选中,刊发在 1985 年第 3 期的头题位置,这使我更渴望能有一次深造的机会。这个机会就在蒙万夫老师的一封信中,寄给了还在乡下的我。当我读着信中那简约的几句话时,心里的激动,就像长了翅膀的燕雀,伴随着蓝天白云,忽悠悠飞往西北大学。我把握在手中的那把木匠斧,顺势斫在一块木板上,站起来,抖掉一身的木屑,毅然踏上了报考西大作家班的路程。

作为柳青研究专家的蒙万夫老师,那时是西大中文系的一名副教授。我在花团锦簇的西大校园里打听他,想不到一下子打听到他本人那儿。

我小心地问:“您知道蒙万夫老师在哪儿吗?”

他笑了,说:“你认识他吗?”

我摇摇头,又点点头。

他还是笑着,说:“找他有事?”

我把他写给我的信掏出来,交给了他。这时候,我已敏感地觉察到他就是我要找的蒙万夫老师了,可是不十分肯定,因为他的衣着和他对人毫不拘礼的言笑,和一位很有建树的大学教授怎么也联系不起来。

只看了一眼信封,一种独有的慈祥便取代了他脸上的浅笑。他说:“才来?”

紧接着又说:“还没吃饭吧?”

接下来的一切,都在蒙老师的安排下进行。我们一起吃了一顿饭,简简单单的几个小菜,一瓶红西凤酒,两人便吃喝得很开心,而且十分地投缘,好像我们早就是一对相交深厚的师生,相隔数年,今天喜获重逢。因此,菜吃得不多,酒喝得不少,你一杯我一杯的,转眼就腾出了一个空酒瓶。考试、录取,让我很头疼的两件事,一下子也变得简单了。五日后,我便幸运地拿到了西大首期作家班录取通知书。

去学校报到,交上两千六百元的学费和一千二百元的住宿费,便囊中空空,平日的生活用度立即成了问题。与我境遇相同的,还有几位同学,几乎清一色农家儿女,我们既得不到公助,亦得不到私助,困难只有自己解决。

蒙老师从饮食上发现了我们的潦倒,他为之担心起来,因我有一手自觉不错的木匠手艺,他便出主意,让我把家伙(木匠工具)带来,由他出面在学校找个地方,星期天等课余时间揽活儿做。就在蒙老师的主意差不多已打动了我的心,决定回乡下取家伙时,渭南人李康美和我胡诌,言下之意企业有钱,我们有笔,何不到企业去给他们写点什么,说不定能换回几个子儿。此言一出,我甚是欢喜,当下与李君找到蒙老师,讲了我们的设想,他大为支持,电话邀约一位在未央区掌握实权的学生,三五句话,就谈妥了一本宣传企业的报告文学集的写作合同。这一合同交给了李康美去完成,而我则孤身去了宝鸡,与当地的经委谈成了另一本报告文学的写作出版合同。于是我们几位农家子弟学员各得其所,便大干了起来。

我领衔宝鸡那本书的操作。其间,蒙老师放心不下,偕同系上的李成芳老师到宝鸡来给我们助阵。来的那天,好像正值芒种,放眼宝鸡塬坡的小麦,已是熟得一片金黄,空气中，浮动着新麦诱人的馨香。在宝铁招待所我迎来蒙老师一行。当晚，即由厂家做东，在招待所备了一桌酒宴，为蒙老师他们接风。作陪的除了我和厂方的几位头儿，余下的都是分配到宝鸡工作的西大学友，且都聆听过蒙老师的教诲。于是，一桌饭吃得十分愉快，所有人都敬了蒙老师酒，他有敬必喝，一点也不含糊。大家敬了一巡，他又过来敬大家，三敬两不敬，蒙老师的话多了起来，滔滔不绝，一桌人就他一个声音，预订好的一桌菜还没上齐，他已醉得不能自已。及至客人走散，我把蒙老师扶到下榻的房间，他依旧大唱独角戏，言语既出，有对他新老学生的希望要求，有对社会的认识见解，还有对人生的辨析探微，说来不磕绊，洋洋洒洒，好不痛快，仿佛要在这一夜，把他心中的块垒全都吐露出来。这么闲聊着，大约到深夜十一时半，两行浊泪从他蒙眬的醉眼中喷涌而出，随即他大吼一声："人还活个什么劲？"同时跃身而起，直奔窗口，就要从三楼高的地方跳下去。

蒙老师的这一举动，大出我们的意料，在场的我和李成芳老师及另外一位同学都大吃一惊。毕竟我年轻，手脚敏捷，先于蒙老师几秒钟把他拦腰抱起，从三楼窗口拖回房间。此后一个时辰，一个刚刚强强的大学教授，虚弱得如一个久病的大孩子，蜷缩在床铺上，嘤嘤地哭泣起来。他向我要了一支笔，一页纸，埋头写起什么来，豆大的泪滴，仿佛串串珍珠，纷纷坠落于笔端，在雪白雪白的纸上，绽开重重叠叠的泪花。

终于，蒙老师睡去了。我从他手里取出满纸未写完的酒话，细细品读，心灵不能不为之震颤。字字皆珠玑，行行成肺腑，满篇忧国忧民情。他太热爱自己的祖国了，殷切希望我们的祖国强大起来，兴盛起来；他还希望人能爱人，以赤诚的心，对待生养自己的土地，对待这土地上生活着的自己的同胞。

匆匆三月时光，我主持的那本书稿业已编辑出来，交由出版社审读。几日无事，与蒙老师敞开心扉拉了几回家常，彼此心仪相契，谈得很是投机。那一日晚饭已用，我正要出门闲遛，蒙老师又来了，他从怀里摸出一个瓷瓶的汾酒，和那只梅花酒杯。我原想他是又要和我喝一场了。可蒙老师并未久留，他只说，过几日要和路遥诸君去一趟铜川，酒先放在你这儿，回来咱把它干了。

过了一日，我因出版费还待落实，去了宝鸡，谁知他就在和路遥相约去铜川的那日清早，竟急病撒手人寰。消息传来，我痴呆呆坐了很长时间，只觉苦涩的泪水，如决堤的洪水,从翕动的鼻翼上滚滚而下。

我不相信蒙老师会离我们而去。

火车轮摩擦铁轨的声音已不再铿锵,沉闷得像一头呜咽的老牛,驮着我从宝鸡往西安赶。还是这班火车,我与蒙老师有过一次同行,车行途中,蒙老师从他的怀里摸出一瓶存放得有些年头的红西凤,我惊讶蒙老师带了酒旅行,高兴得鼓起了掌,因为我知晓63度的红西凤酒,年头越久越有滋味,启开盖,香了一节车厢。没有酒杯,我们对着瓶嘴吹,那一份豪气,那一份张扬,让人真有点忘乎所以了。

没有下酒菜,相互的言语便成了必不可少的佐料,以至于酒喝完了,话还说个不停,下了火车,出了站台,也不急着回家,两个人漫无目的地走进了古城墙边的环城公园,其时太阳已经落尽,半轮月亮昏昏暗暗地挂在远处的西城门楼上。

不知高低、不晓深浅的我,向蒙老师海聊着自己的人生理想与追求,兴之所至,还会一个蹦跳起来,好一番手舞足蹈。说着说着,还说起我当时对一个女孩的暗恋,现在这个女孩已是一个女孩的母亲和与我相濡以沫的爱人了。我不知该怎么感激我敬爱的蒙万夫老师,正是有了这一次掏心窝的倾谈,蒙老师便不遗余力地促成了我们的相恋,进而组成我们幸福美满的家。

蒙老师也说了他自己。长期压抑的情感,像累积起来的一座火山,让年届五十的蒙老师要喷发了。我听到他喉咙里一声低吼才起,便有火山爆发般挟雷裹电的岩浆喷薄而出,整个人颤抖得像是经历着一场地震,他顺势抱住身边的一棵大树,那是一棵榆树,有碗口粗的样子,正是榆钱儿闹枝的季节,在蒙老师的剧烈摇撼中,榆钱儿像是星光洒下的雨珠,失魂落魄地坠落下来,落了蒙老师一身。

是什么让蒙老师如此痛伤?

我无助地盯着蒙老师,没有一句安慰的话,任由蒙老师自由地发泄。我也没有多问什么,从他断断续续毫不连贯的述说中,仿佛晓得了根由,日后回想,又仿佛什么都不晓得。

世上没有还魂药，我无力让蒙老师和我再说一句话。回到西大校园,严酷的事实告诉我,正值英年的蒙万夫老师走了。我记下了那个日子,1988 年 10 月 2 日。我欲哭无泪,痛感除我父母之外,生命中又失去了一个亲人。

来读作家班的同学,在西大或多或少都得到过蒙老师的帮助。他的英年早逝,在我们心中激起的哀伤,犹如山倾海覆,大家或做诗,或写文章,写出来就找地方贴,一时间,竖立在校园喷水池两侧的布告栏上，层层叠叠的都是哀悼蒙老师的文章，实在没地方贴了，有同学就贴到教学楼的墙上，你贴我也贴，一下子把教学楼用纯白的纸张裱糊了一遍。仅此，还不能表达我们的哀伤，有人便扯了一条丈六白绫，手书“痛悼我师蒙万夫”几个大字，直直地悬挂在作家班同学住宿的大楼上。

掐指算来，蒙老师已和我们分别十八年。这十八年，蒙老师给我的那瓶汾酒还在，我在心里对自己说：我记着你的话，等你回来，咱们一起干了它。你给我的梅花酒杯也还在，它已成了我所有珍藏中最牵肠挂肚的一个。有客人临门，我必取出梅花酒杯，斟上酒，恭恭敬敬地洒了，祭奠我的蒙老师。

今夜，我无客无朋，家人也出游去了，只我一个人在客厅里孤独地喝着酒，窗外是孤傲游走的风声，室内却是凝然静止的景物，只有我的思绪像窗外的风，飘散得细细碎碎，我不能自已地又往梅花酒杯里斟酒，酒液缓缓注入小小的酒杯，却怎么也灌不满。这个发现让我吃了一惊，仔细看时，才知晓这只梅花酒杯原来残了一个小小的缺口，酒液默无声息地从缺口溢出去了。

蒙老师为什么送给我一只缺口的梅花酒杯？是在他多

只酒杯里随便取了一只呢，还是有意选择了一只残了一个小小缺口的呢？我不得而知，只是固执地并且徒劳地往酒杯里注酒。我多想把酒注满酒杯，但无论怎么努力，都不能满杯……晶晶莹莹的酒光在我心头晃着，我忽然明白了，这难道不是蒙老师对我的鞭策吗？

再有学问的人，也有自己的缺失，难有一杯满酒。

再完美的人生，也有自己的缺失，难有一杯满酒。

1991 年 10 月 30 日草于　咸阳关帝庙

2002 年 10 月 3 日改于　西安朱雀门

半个苹果

那或许是一块汉砖呢，虽然残了，也比现在的整块砖要大。这样的砖块在我启蒙的闫村小学还有许多，零星散布在不是很大的操场上。平时这些砖块是我们在操场草习生字时的“小凳”，开个大会什么的，搬来一块垫在屁股下也蛮受用的。可那个下午，有一块这样的砖成了我手中的凶器，我红了眼睛（事后姐姐这么说我），追着我们小学的校长……当我又一次捡起砖块时，一双有力的手把我抱住了。

“把砖放下！”伴随一声严厉的呵斥，我知道是班主任李树风老师抱住了我。我把砖块扔在地上，同时“哇”地大哭起来。伴着哭声，我依然愤怒地申诉着：“我没偷，我不是贼娃子！”因为家教严格，在我幼小的心里，对那个“贼”字万分地痛恨，可一校之长仅凭我同桌，也就是他儿子的一句谎言(说我偷了他一支钢笔,事后证实那支他爸爸心爱的钢笔,是他自己不小心踩折,不敢将实情告诉他当校长的老爸),便当着学校那么多老师、同学的面,诬陷我是“贼娃子”。这个名说啥我也不能背,有了一个“贼”名,今后我还怎么做人?

李老师抱着我,半拥半推地把我带进了他兼作办公室的住房。这时候我的愤怒没有了,剩下的只是一个十岁孩子的恐惧,我知道这回把祸闯大了,不仅校长饶不了我,家教在乡里严厉得出了名的父亲更饶不了我, 有一阵子,我惧怕得浑身痉挛,筛糠般颤抖不止。我眼望着还抱着我的李老师,他铁青的面皮上留着的山羊胡子如我身体上的一部分,也抖抖地颤动着。他听着我悲伤地诉说,脸色虽然还阴着,但我感到他的心已软了。他把我轻轻地放在他的炕沿上坐好,取了毛巾在盛着水的脸盆里拧了把,帮我擦干脸上的泪水。

要知道李树风老师1949年前曾在扶风县大地主冯华堂办的私立学校任教多年,在当地以教风严酷闻名,学生多有出人头地者。1949年后他留在教师队伍中,在我们闫村小学教书已有些年头了。从二年级起,李老师就当了我们的班主任,他对我的学习比对别人抓得都紧,课堂作业做完后，他还找来一些课外作业，他先讲，然后让我去做。李老师的国文底子很厚，因此他给我开小灶，多是古诗词一类。记得他给我讲曹植的《七步诗》，“萁在釜下燃，豆在釜中泣”，他自己讲着讲着，竟然隐忍不住满眼的泪光。他是投入、忘我的，我也懂得他的一片心，是要我像他一样投入，一样忘我地遨游知识的海洋。当年县上搞小学生作文速写竞赛，题目是《一棵小树苗》，我积极参加，想不到拿了全县第一，把奖颁到学校，李老师比我还高兴，他把作文向全班同学讲解，说我把小树苗拟人化比作自己，小树苗需要光照，需要浇水，就像小同学需要知识一样；小树苗会长出枝枝杈杈，就像小同学也会犯这样那样的小错误一样……李老师说，小学生作文能有这样的立意，难能可贵。因为李老师的表扬，我学习语文写作的积极性别提有多高了。但到1966年“文化大革命”，我只读了六年书就辍学了。到“文革”结束，我又拿起笔来，写了一些小说、散文、随笔，其基础是李老师为我打下的。

当天晚上李老师没让我回家，布置了作业让我在他的住房里做作业，而他自己去了我的家，与我暴跳如雷的父亲说了半夜话，等他回来时，我已困倦得伏在他的教案上睡去了。李老师把我抱上他烧得暖暖的土炕，帮我脱了衣服，和他一床被子睡下来。也许是白天受了惊吓，睡着后老做噩梦，口干舌燥，一阵冷一阵热，到一泡尿不管不顾地浇在李老师炕上时，我猛地醒来，同时惊醒了入睡不久的李老师，他捉住我的手，刚捉住又扔下，手又搭在额头上，吃惊地说："你发烧了。"当晚，李老师就背着我去了五里开外的公社医院。

因为生病，更因为李老师上门做了工作，严厉的父亲这一次没有打我，也没有骂我。第二天把我接回家，打针吃药。到第三天，李老师又到家来看我了，他告诉我的父亲，校长的钢笔(已经折断了)在他住房的炕席下找到了。我笑了，父亲笑了，李老师也笑了，他笑着打开提着的一个小手帕，亮出了一个红得晃眼的苹果。说实话，不是李老师说那是苹果我真不知道那是什么果子，因为在那之前，我只在描写前苏联苹果专家米丘林的小人书上看到过苹果，当一个真实的苹果出现在我的眼前，我能不震惊？当下鼻子一酸，两股眼泪像冲出山涧的小河，喷涌而下。

李老师来前，已将红红的苹果切成了两半，他拿了一半，给我的父亲，说你也尝个新鲜吧，另一半给了我，让我吃了提个神，烧一退赶紧到学校上课。父亲和我左推右推，怎么也不接受李老师的馈赠，直到李老师生了大气，我们父子才慌忙留下了那个切成两半的苹果。我们父子也想让家人尝个新鲜，就召集全家，把半个苹果切成小牙儿，每人尝了一口，另一半包了，由我拿着，再去李老师住房开“小灶”时，又偷偷地还了回去。直到有一天，李老师在他的住房给我讲了一首古诗词后，拿书在我脸上拍了拍，又把那半个苹果拿出来让我看，结果干瘪得已不能食用了。

这件事发生在 1964 年，过去了近四十年。现在想起来，仍历历在目。

2004 年 4 月 4 日　西安太阳庙

灶爷的嘴巴

关中的大年从腊月二十三就开始了。

约定俗成的做法，在这一天是要祭灶爷的。这是一件重要的事情，挨家挨户，无论穷家、富院，谁都不敢马虎的。记得长辈人请灶爷，比这一天还要早一些日子，有人牵着一头小毛驴到村里来了，带来了木板刻印的灶爷，一张一张地摞在一起，都是禁得起烟熏火燎的白色粉莲纸，印着大红大绿的色彩，约莫看得清是一个慈眉善目留着长须的老人，捧在牵驴人的手里，自然有人围来，来请灶爷了。

当时我很奇怪，请灶爷不用纸钞，只用粮食交换。只见家里的老人，与村上其他主持家政的老人，不约而同地，端着半升的小麦，在牵驴人的跟前，把小麦倾进一个麻布口袋，自己揭一张灶爷，嘴里念叨着“回来了，灶爷回来了”的话，恭恭敬敬地请回自己的家，等着祭灶这天，把在灶房安顿了一年的老灶爷请下来,再把新请回来的灶爷贴上去。

整个仪式称之为祭灶。先由母亲在灶爷的纸背上涂上糨糊,端端正正地贴在灶房的正墙上,再由父亲给灶爷的两边挂上对联。那副对联上的句子千家万户一个样,千年万年一个样,是那么两句不变的话:

上天言好事,
下地降吉祥。

自然还要挂上横批的,也是亘古不变的两个字:如在。

现在看来,祭灶的仪式是潦草的,而安顿灶爷的位置也是潦草的,不像天神、地神,差不多都要砖雕或是木制一个庄重的神龛,把天神、地神像模像样地供奉在其中。灶爷就享受不到这样的尊崇了,这似乎与大家的心性有关,所谓“灶爷”,就完全视其为家里的一个白胡子的老人,这便有了十分的温暖和亲近,潦草一些也不至于惹得他不高兴。

然而有一道程序是不能少的,也是天神、地神享受不到的。那便是新请的灶爷,嘴巴处一定要抹上香甜的蜂蜜。

这么做,不是说灶爷的嘴巴馋,而是期盼他向上苍多说好话，为人间带来福气。

起小，我看着父母祭灶的一举一动，从来没有怀疑过这有什么不妥。甚至在父母完成那些程序之后，我还会站在灶爷的面前，望着袅袅升起的纸烟，双手合十，抵在额前，虔诚地说出一个自己的祈愿。

我的祈愿很简单，只有一个，就是祈望自己和家人不要饿肚子。

说句实在话，出生在 20 世纪 50 年代的人，没人幸免，都是饿过肚子的。我想，像我一样，站在灶爷的面前，祈愿不饿肚子的孩子有很多。但我们的祈愿，不知灶爷听到了没有，总是得不到满足。于是，竟对慈祥的灶爷产生了一些怨恨，直到有次，在父母给新请的灶爷嘴巴上抹了蜂蜜走开后，我搬了一把小凳子，站上去，把灶爷嘴巴上的蜂蜜擦下来，抹到自己的嘴里吃了。我怀疑吃了蜂蜜的灶爷，自顾满足了馋嘴，而忘了人间的疾苦。

很不幸，被我剥夺了嘴巴上的蜂蜜的灶爷，是我们家在那个时代请的最后一位灶爷。接下来的许多年，村里再没来过牵毛驴以麦兑换灶爷的人，家里就再也没有了灶爷的位置。但是灶房安顿灶爷的地方，还留着一方比别处洁净的墙面，我发现父母经常地，还会对着那方墙面，双手合十,抵着额头,做祈愿状。可是,烟熏火燎,一面墙渐渐地就分不出曾经安顿过灶爷的地方了,全都成了一个颜色。

没有了灶爷,灶房的锅里比过去更稀了,人们的肠子饿得像根干拧的绳子。苦干苦盼了一些年,我有幸走出了村子,走进了繁华的城市,操作起文字来。现在再回村里待上些日子,却又看到各家各户请在厨房里的灶爷。现在的乡村厨房,如乡村人的生活一样,已经有了很大的变化,只说“烧”的,也由柴火改成了液化气,而“吃”的变化就更丰富了,细米白面吃腻了,想着法子弄几顿粗粮吃。不过,灶爷的形象没有变,还是原来木板印刷的那一种,红的颜色要红透了,绿的颜色要绿透了,尽显一种富贵的神态。

就在前两日,老家来人,给我也请了一张灶爷,我学着父母当年的样子,敬贴在我西安城家中现代化的厨房里。

2007 年元月 10 日　西安太阳庙

住在大杂院

儿童公园的东墙边，有一条名为“早慈巷”的小街，我最初到西安工作，就租住在这条小街的一个大杂院里。

我往租屋搬家时，正是大杂院里的人睡午觉的时间，可能是我搬动物品时的声响大了，正午睡的人家，一户刚推开窗子，另一户跟着也推开了，我看见站在窗子背后的人，差不多都头发花白，隔着窗子，听到了一声一声的问候，虽然苍老，却都充满了热情和关心。

随着问候声落，大家大都走出房门，来帮我搬家当了，你提一只脸盆，他抱一卷铺盖，只一会儿的工夫，我极简单的一点家当，就都搬进了租屋里。我感激大家，取了一盒好猫烟，又抓了一把大白兔奶糖，给大家往手里塞，可大家都推着不接，说是老了不敢抽烟了，不敢吃糖了。虽然不是什么重物件，但正值大暑天，在大家离开时的背影上，我看见了流淌的汗水把大家的上衣都湿透了。

是的，大杂院里的人都很厚诚，都很热心，一家来客，好像家家有客，有什么好吃的好喝的，总要送一点过来，让客人尝上一口。有一日，我与妻小俱不在家，偏有老家一位近亲来西安办事，寻到我住的大杂院来，向旁人打听我，还说他是我的亲戚。大杂院的人就告诉我的亲戚，说我和妻小都是忙人，一早出门，大人上班，小孩上学，天不黑不回家。大杂院的人这么给我的亲戚说着，就给他冲了茶，拿了烟，招呼他在大杂院里歇息等待。吃饭时节，我的亲戚要到街上去解决，大杂院的人就挡住他，不让他去，结果是，这一家炒了醋熘白菜，那一家炒了肉片土豆丝……还有人拿来放陈了的白酒，就在院子里陪着我的亲戚吃喝，菜剩了许多，酒喝了许多，到天黑，我与妻小回到家里来，还见我的亲戚一个劲地打酒嗝。

在大杂院住了没多长时间，我便知道院子里老人多的原因，他们打小就在大杂院里住，都住惯了，离不开了。

大家都有自己的孩子，孩子翅膀长硬了，就都飞出了大杂院，在西安城新盖的大楼里，这儿安一个家，那儿安一个家，每到周日休息的时候，又都会拖儿带女地回到大杂院来。因此，这一日是大杂院最快乐的日子，聚在一起的孩子们,呼啸着跑进大杂院,又呼啸着跑出,搅和得大杂院像是开了锅的水,一直没有安静。但这并不影响大人们说话,是儿子媳妇来看老人,就见支起一张桌子,哗啦哗啦打着麻将;是女儿女婿来看老人,就见洗衣机在一边呜呜响着,锅案上也不拾闲,又煎又炒,满院飘着馋人的香气……

我听得到麻将声和煎炒声里的说话声,虽然杂得无法听清,但有一个话题是很集中的,那就是小的劝说老人,离开大杂院,跟他们走,住到新楼里去。老人不听小的劝,说他们腿硬胳膊硬,上上下下的,在楼房里住不舒服。

这个话题,在我们一家住在大杂院的近两年时间里,每逢星期天都能听到。也有吃劝的老人,跟着儿女去了,但不出几日,就又都回了大杂院。

大家舍不得离开大杂院,并不是大杂院特别好,让时髦的人来,还要嫌弃大杂院的低凹潮湿和杂乱无章。于是我想,老人们说他们住不惯楼房也许只是借口而已,根本的原因是大杂院里的人气。

这高涨的人气仅是那眼老井就很能说明问题,没人晓得它是啥时候有的,它存在于大杂院里,就是大杂院的一部分,而且是非常重要的一部分。井里的水是甜的,生喝比熟喝味更长。水取上来,不是提到灶房里做饭,就是搁在井台上洗衣。大杂院的瓦房之间,凌空拉起一道一道的铁丝,见天,铁丝上都挂着漂洗了的衣服。我注意看了,不是灰就是黑,有几件艳色的,肯定就是我们家的了,那是妻子和女儿身上换洗下来的。有一次下大雨,妻子给我打电话,说是院子里晾着衣裳,让我赶回去收一下。因为手头的事紧,我没能回去,下班后回家,却不见铁丝上晾的衣服。正迟疑时,院子里我们隔壁的一位大妈,把衣服给我们递了过来。原来在落雨前,大家就帮我们收回了衣服,而且还一件一件地烫平展了。妻子在从大妈手里接过衣服的瞬间,眼里还冒出了泪花。

毕竟是租户,我们不可能在大杂院里长住,在单位分了房后,我和妻小就搬走了。

新搬的是一座楼房,我们住在四层,头几个晚上睡觉,还以为是在大杂院里,就觉得很怪,睡梦中没有了蛐蛐儿的叫声,也没有了蛐蛐儿的翻飞。楼房太静了,静得我从梦中醒了过来,想着在大杂院里,坐在窗前读书,常有蝴蝶从窗缝里挤进来,落在书上不走,妻女爱得不行,却又怕伤生害命,捉了又放生窗外。蛐蛐儿就在屋檐下的滴水窝里,白天叫,晚上鸣,掀开帘子出来,走一步,噤声了,再走一步,却又鸣叫起来了,着实生动有趣。

现在住了楼房，人就像被架在了架子上，离地气远了，就特别地想念那个凹在早慈巷的大杂院。

2007 年 3 月 22 日　西安太阳庙

住在筒子楼

对门的小夏两口子，是多么亲热恩爱的人啊！突然地闹着要离婚，让我吃了一惊，我询问与他们小两口走得比我要近的妻子，好好的咋要离婚呢？妻子叹口气给我说，想知道为什么吗？我点了点头。妻子说，都是装修新房闹的。

什么什么？装修新房闹的？

妻子没再说话，她脚不闲手不闲地忙在我们居住的筒子间，淘着米，择着菜，是要准备晚上的用餐了。过一会儿，上学的女儿会像一只漂亮的花蝴蝶，从筒子楼暗黑的楼梯间爬上来，穿过二楼长长的楼道，回到楼道尽头的家里来，甜甜地叫我一声“爸爸”，甜甜地叫妻子一声“妈妈”，还要甜甜地跟我们说，我回来了。

女儿回来了，是我们一家最幸福、最快乐的时刻。

多年的城市建设和改造，我所说的筒子楼大概已经不多见了。但在二十多年前,在西安这座传统观念浓厚的城市,到处都是这样的筒子楼,刚参加工作的人,谁都逃避不了要在筒子楼里住上一段时间,三年不短,八年不长,我和妻子在筒子楼已住过十年了。我们盘算着能有一处自己的单元房,尤其是在梦里,盘算的次数最多……果然就梦想成真,妻子的单位给我们分了一套单元房。

拿到单元房钥匙的那一天,我和妻子心里笑着,脸上都还保持着平静,倒是我们小小年纪的女儿,把她的脸笑成了一朵花。她在筒子楼的楼道跑了一个来回,住在筒子间的二十几户邻居,就都知道我们有了单元房,便都带着几分艳羡,还有几分妒忌的神色,给了我们适度的祝贺。

我接受着邻居们的祝贺,却突然地留恋起我们共同居住的筒子楼。

实在地说,长时间住在筒子楼,我恨不得拿到单元房的钥匙就搬走的。这里的乱,这里的脏,还有这里的飞短流长,堪称中国城市社会在那个时代的一个缩影,红砖抹灰垒起来的楼房,是太简易了,到处都是残破剥落的痕迹,让人住在里边,总是担心,沉睡时楼塌下来,塌成一堆流血的碎砖,像是一座坟墓。

几十户、上百户的人家,各自占领着属于自己的筒子间，在不足二十平方米的空间里，居住着一个一个的小家庭，如果仅是两口子加上一个孩子，似乎还好办一些，但有一些家庭还住着老人呢！三代人居住在一间屋子里，可是太不方便了。为了扩大使用面积，就都不约而同地把火炉子和锅灶案板，都支在了楼道里，大家对面走来，不在房门处避让，就别想走过去。烟熏火燎，楼道的墙壁，像是用黑油漆涂了一般。

厕所是公用的，自来水是公用的。

淘米洗菜，洗脸洗衣，常会在水房挤成疙瘩，有时难免发生冲突，当然都只是些小冲突，旁边有人插话，说声“算了算了”，冲突的双方自会算了。大家心里明白，谁都不想有冲突，这也怨不了谁。

大家都有一个梦想，早盼到自己的单元房，早从筒子间里搬出去……苦苦地梦想着，也就看到了希望。不只是我们这个小家，在大家锅碗瓢盆的叮当声里，听得出来，在筒子间里住着的邻居，有许多小家，也都有了分到单元房的机会……妻子把她们单位盖楼的消息在家里说了后，我们都绷着没向筒子间的邻居发布，自己在心里高兴，忍不住去妻子单位盖楼的工地看了几回，每一回都能看到变化，不到一年的时间，最初是一片菜田的城市边沿，围起的一圈圈墙里，头戴橘红色安全帽的建筑工人，开动着隆隆轰响的水泥搅拌机以及高入云霄的塔吊，像是小孩垒积木一样，盖起了几排大楼……这可是设计新颖、绿化完美、极具人性化的一片居住小区，穿行在水泥浇筑的楼前小路上，新栽的花木和新植的草皮，泛着清凉的馨香，一个一个造型别致的路灯，闪耀花彩的光芒，楼与楼错落参差，具有很好的造型和宽阔的间距，逸出建筑外墙的飘窗，透露出玉砌木雕的栏杆。

啊！一把光洁如银的钥匙终于到手了。

妻子和我进了我们家毛墙毛地的单元房，妻子是骄傲的，她在客厅里旋了一个美妙的舞步，然后到每一个房间转了一圈……妻子一声一声地说着，我有房子了！我有房子了！

妻子是有意给我显摆的，她高兴地说着的时候，单位分到房子的人，相互串着门，东家走走，西家遛遛，恰其时也，就有一帮人溜达到我家的房子里来了。我想妻子显摆的话，他们是都听见了，我不想只做一个享受妻子成果的寄生者，便当着她同事的面，问了妻子两个问题。

我问妻子："你刚才说什么来着？"

妻子说："我说我有房子了。"

我又问妻子:“你这房子叫什么？”

妻子说:“家属楼。”

我便开心地笑了,说:“谁是家属？”

我这一问,来看房的人都愣了一下。他们中有如我一样的家属,听了我的话,就都开心地笑了。当地的分房政策是森严的,单身人员是分配不到住房的,哪怕你七老八十,也不会分给你房。但你有了配偶,也就是说有了家属,你就正儿八经地有了分到住房的资格。大家听懂了我的话,就都说我拨乱反正,说得既合政策又合人性,嘻嘻哈哈,很快传遍了妻子的单位,大家见了我,像见到明星一样,有话没话都要拉呱几句。

紧锣密鼓的装修工程,在此后的日子里,成了妻子和我的生活中心,不断地跑建材市场,不断地挑工队,还不断地到装修快的人家取经……房间铺地砖好呢,还是铺木地板好呢？墙壁是刷白粉呢,还是贴壁纸？每一样事情,都要反复磋商,甚至争吵,争得口干舌燥,吵得脸红心跳,这就突然地听到对门小夏两口子,在他们的筒子间里,哗哗啦啦,把衣柜上的镜子砸碎了,砰砰啪啪,把电视机的屏幕砸破了……离婚!

多么可怕的字眼呀,从小夏两口子的嘴里不可挽回地说出来了。要知道，他们两口子是筒子楼里最先分到单元房的人，像我们家一样，他们最初拿到单元房的钥匙时，是多么高兴啊！在杂乱狭窄的筒子楼里，我们看见小夏两口子，走路不是走路，每一步走出来都像跳舞蹈一样；说话不是说话，每说一句都像唱歌一样……他们装修着自己独享的安乐窝，渐渐地没有了舞蹈似的走路，也没有了唱歌似的说话，他们两个仿佛前世冤家，你阴着脸，他阴着脸，几天不见他们说一句话，即便开口说话了，红红的嘴唇却像喷火的炮口，射出来的都是一枚枚致命的开花弹……听得出来，两口子是把他们的安乐窝装修完成了。

结果呢，却没能双双在里边住一天，他们在该搬家的日子，砸了衣柜，砸了电视……然后去了民政部门，自愿协商，办了离婚手续。

这个结果把我和妻子都吓了一跳，我们继续着单元房的装修，商量装修细节时，都不再固执己见了。我们口里不说，心里都在时刻警告着自己：咱们可别也装修好了房子离了婚！

2009 年 4 月 1 日　西安后村

火红的皂角树

村口上的那棵皂角树，没人知道植于何年。它又粗又壮，还被雷电劈了头，黑黝黝的没有一点神气。我听村里人说，未遭雷劈时的皂角树，有遮天盖地的树盖，树盖上结的皂角，到了秋后打下来，分给村里人家，洗衣裳洗被褥的，就都够了。原来没有肥皂、洗衣粉，村里人都用皂角洗，后来有了肥皂、洗衣粉，村里人还用皂角洗。这是一种习惯，习惯是不好改的。

雷劈皂角树的那一天，村里人在树下开了一场声势浩大的批斗会，批斗的对象是人称“先生姐”的小芹母亲。在此之前，我钻过皂角树洞，那是树身中间的一个孔洞，我与小伙伴躲猫猫，钻进去后，躲在像是皂角子宫一样的孔洞里，躲得久了，在树洞里睡了过去。天黑时分，家里找不见我，着急忙慌的家里人没了办法，就去问能掐会算的先生姐。小芹的母亲先生姐，闭目养神，手指尖在膝盖上有一下没一下地掐着，掐了那么一会儿，告诉我的家人，说我在黑皱神的胎盘里睡着了。何谓“黑皱神”？就是乡下人敬奉的皂角树，我们关中西府的旧村子，在很长的历史时期里，是都要植一棵皂角树的，祖先们希望皂角树能如一尊威严的黑皱神，保佑村里人平安无事。先生姐说出了我的方向，家里人给先生姐一小箩箩面作为酬劳后，搭了木梯，爬上老皂角树，发现了呼呼睡觉的我，揪着我的耳朵，把我从树洞里扯回家，原来是想揍我一顿的，但想起先生姐说的“黑皱神胎盘”就没敢揍我，还以为我真是黑皱神的儿子。

小芹不是与我躲猫猫的伙伴，她一个女娃娃，只和女娃娃跳房子、抓籽儿玩，我们男娃娃是不屑与她玩的。但我和小芹在村里的小学是同班同桌，她特别肯学，我也不比她差，俩同学井水不犯河水，却比着一股劲儿，看谁的学习成绩更胜一筹。自从我躲猫猫睡在皂角树孔洞里，小芹的母亲先生姐给我算了一卦后，她从此对我，就不是井水不犯河水了，简直就是冰火两重天，俩人都铆足了劲儿，在学习上下功夫，连话都不说了。接下来就有了村里人批斗小芹母亲先生姐的事，偏偏就在皂角树下，这本没什么可奇怪的，我们村只要开会，或者是别的什么集会，全都在皂角树下。奇怪就奇怪在批斗完小芹母亲先生姐的当日傍晚，一场雷阵雨劈头盖脸地袭击了我们村。这场雷雨是蹊跷的，蹊跷在出村不远，地面干干的不落一滴雨星，而更蹊跷的还是那一场火，纵是在瓢泼似的大雨中，皂角树却依然轰轰烈烈地燃烧着，直把一棵枝繁叶茂的大树，烧成了一个黑黢黢的秃骨桩。

这件事让村里人惊恐不已，同时也免去了小芹母亲先生姐再受批斗的罪。这对小芹来说，该是一件好事哩，可她好像并不快乐。后来，我侥幸离开村子到外边继续我的学业，与我保持冰火两重天的小芹，瞅着有机会送我了。她选择的地点，不偏不倚就在成了秃骨桩的皂角树下。她和我站在皂角树下都说了什么？我差不多都忘了，但有两句话，像是两颗铁打的铆钉，深深地铆焊在我的心里。

小芹说了，她恨她娘先生姐！

小芹说了，她娘装神弄鬼，她不要做鬼，她是一定要做人的。

长期不与我说话的小芹，在给我说了这一堆话后，我不能说多么喜欢她，但对她是另眼相看了，有感动，还有敬佩。我愿意小芹做人，做个堂堂正正的，对社会、对家庭负责的人。

白驹过隙，小芹母亲先生姐过世了，小芹也嫁做人妻，成了两个孩子的母亲。我也在大堡子的西安有了自己的事业、自己的家，我与我们村子有了很长的距离，但这并不妨碍我获知村里的故事。我听说，小芹的日子过得非常不好，光是一双儿女上学的费用，就压得她喘不过气来，而她的丈夫就是个药罐罐，重体力的农活儿做不下来，其他手艺活儿更不会做，就那么不死不活地熬着，终于油尽灯灭，归于泥土。我还听说，就在安葬她丈夫的那天，小芹把自己哭晕了过去。醒来后，她全身抽搐，牙齿“嗒嗒嗒”咬得像打机关枪，大家七手八脚地抢救着她。她的一双儿女，更是扑到她的身上，悲痛欲绝地叫着她“娘”。

是儿女的呼叫，让小芹打了个长长的哈欠，她把儿女推开一步，告诉他们不能乱叫，她不是他们的娘，而是他们的奶。

这让现场的人，不禁大为吃惊。小芹的言语和动作全没了她的样子，真真切切地复原了她母亲先生姐的架势。拿出了母亲先生姐的架势，小芹把在现场张罗着安葬她丈夫的村里干部挨个骂了一遍。她骂他们是丧尽天良的一窝猪，不会带领村里人富起来，却欺男霸女、鱼肉百姓，他们一个一个就不要想着好死。

坟场上的小芹，突然变为她母亲先生姐，好像还能理解为是她伤心过度的一种生理表现。然而，当大家回到村子里，却见枯死了多年的皂角树那黑黢黢的枝干上生出一蓬一蓬的嫩芽，在乡村那种温馨的风吹之下，不多的日子，就绿成了一片遮天蔽日的云彩。这以后的一段时间，被小芹在坟地里骂过的村干部，一个一个都备了丰厚的礼品和礼金，大黑天躲开人群的视线，敲开了小芹家的院门，把礼品献上去，求着小芹，说她骂得对，把他们骂得醒过来了。他们是有错的，有错就改，老天不怪改错的人。

小芹最终还是继承了她母亲先生姐的身份，成了我们村以及周边地区最为神秘的先生姐。

是的呀！贫穷落后的乡村，哪里少得了这一角色。关中西府，自古至今，把操此职业的人，是个男人呢，就恭敬地称为“先生”；是个女人呢，就在“先生”的后边加一个“姐”字，恭敬地称为“先生姐”。小芹成了先生姐，村里的老皂角树死而复生，这样神奇的事，自然会被传开的，而且越传越远，越传越神奇，四面八方的人，都到我们村去拜小芹，求她给他们指点迷津、攘治灾祸。据说，来的人太多了，有坐公共汽车来的，有独自驾驶汽车来的，更多的是徒步来的……前些日子，还有沿海富裕地区的大富豪，驾驶着他们的私人飞机来了。来的人多，身为先生姐的小芹应接不暇，就有眼亮的人看出这是一个商机，怂恿着小芹，要她不要来人就见，而要排出号码，依着号码的次序，一个一个地接见，而且一天不要多见，最多见十个人，接见完了，就在家里养神，以俟来日继续。

小芹采纳了这些建议，这让蜂拥而来的客人不得不住在我们村，排号等待小芹接见了。这为我们村开辟了一条不可多得的致富之路，村里人纷纷办起了农家乐，把家里的房子腾出几间，再把家里常吃的几样农家饭做出来，为排号等待小芹接见的人们提供居住饮食，这使村里人不约而同地都发了一笔财。这个财是因为小芹而发的，大家感念着她，就都真的像敬神一样敬着她，过去叫她小芹的人改口不这样叫了，还有叫她姨姨、婶婶的人，也改口了，大家一概叫她先生姐。村里的干部，隔三岔五地去小芹家里，他们拿不了主意的，就只求小芹拿了。倒像是，不是村干部的小芹成了说一不二的干部，干部们都成了她的小跟班一样。村里的干部合计着要给小芹盖一院新房子，家家户户拿出一点钱，要盖就盖个仿古的庭院，一定要使小芹住得开心，住得踏实，把她这尊神敬好了，村里还会有大收益的。村干部把这个想法向小芹请示了，小芹没说可以，也没说不可。干部们就有了决心，知道小芹是满意他们这么弄的，立即把话传给村里人，村里无一家不慷慨解囊，一天时间不到就集够了给小芹起新院的钱财。

为此，村里小学的老师感慨了，说村里人给孩子们集资办学，远不及给小芹起新院来得大方。

小芹新院的院址，没怎么费神，大家一致选在了新生的老皂角树旁。村里人齐心协力，请来了最给力的工匠，水磨青砖，白灰勾缝，雕梁绘彩，挑角挂斗，为小芹起了一座三进的极尽传统模式的新院。我就是在小芹搬进新院的那天回到村子里的，村里在请我回村时，说我是小芹钦点要请的人。我回到村子，看见了村里的老皂角树，也看见了小芹的新院，不知为什么，心里酸酸的，怪怪的，很不是个滋味。

有人传话给小芹，她从新院里迎出来，把我迎进仿佛一座神庙的院子里，并进入她装修得颇为豪华的屋子。我惊讶了，成了先生姐的小芹，她的衣着没有半点神神秘秘的式样，而是在城市也会被大呼时尚的品牌时装；她穿得似乎比我还时髦。她的屋子，亦如城里的单元楼，有非常现代化的厨房和卫生间……会客厅里，清一色的红木家具、沙发、茶几、电视柜，相互搭配得协调养眼，超平的大彩电，昂贵的音响组合,无不表露着小芹的尊贵。她发现了我的诧异,就招呼我在会客厅的红木沙发上坐了下来,把瓜子、花生米以及几样时鲜小果盘推到我面前,让我随便享用。我把眼前的水果和零食一一看过,但没伸手,我完全不知自己是怎么了,竟向小芹做了个抽烟的动作。

小芹把我调查透了,她说:“你不抽烟啊!”

是的,我的确没有抽烟的习惯,但面对成了先生姐的小芹,却不能自已地想抽一口。我是想用抽烟来掩盖对小芹的不适应吗?

小芹举了一下手,就有人趋向前来,把一根烟递到我手中并为我点上。

我抽不了烟,吃了一口,就把自己呛得鼻涕眼泪直流。

小芹从我手里把烟拿了过去,她没有把烟扔掉,而是夹在自己的指缝里,既有势又有派地抽了起来。她抽着烟,抽一口便咽进肚子里,然后又让白得如纱似的烟雾从嘴里漫出来,飘飘荡荡的烟气把她的脸罩起来了。我发现她在观察我,我没有躲,任凭她观察……抽着烟的小芹向我发话了,她说你一定很奇怪,是吧?你不要奇怪,这很正常,你知道我是想活的,但谁让我活呀?她对我说着话,脸上竟然露出些微的羞涩。她淡淡地笑了笑,是解嘲的浅笑,笑过,就又给我说,她看过不计其数的人,给他们算命。又说:“我想你也会来的,你没来,我就请你来,我是真想给你也看看运程的。”我没有拒绝小芹,她也就毫不掩饰地说起我来了。

不过她在掐算我的命运之前，还说了她的一对儿女。说他们俩是看不起她的,她愿意被他们看她不起。她把他们送城里上学去了,希望我在城里能照顾一下他们。本乡本土的,这没啥难,我满口答应了下来。就这样,她给我掐算起来。

小芹说:“你的眉和眼距离太近,这主忧伤。”

我点了点头,是不置可否地点头。

小芹又说:“你的声音一直很好,有流水之音,这主你的女儿聪明,有远大的前程。”

我依然点了头,这次是真诚地点头。我承认她说得对,我的女儿的确聪明,是个念书的材料,理想远大,也有决心。

小芹还说:“你不要老皱眉头。听我说,过去的日子都是好日子,你对你以后的日子要充满信心。”

像小芹当年一样，她不相信她母亲先生姐的那一套，我一样不大相信,反观现在,不相信她母亲先生姐那一套的小芹,不但相信了,而且自己也成了先生姐,并比她母亲先生姐还要像先生姐,我实在无话可说。但我知道她是好意,而且我还得承认,她就我宿命说的几句话,没一句让我不服气,我面对着她,几乎都要为她的掐算由衷地赞美了。

小芹似乎看出了我的心理变化, 她原来羞羞的脸,突然地就更红了。这可让我大为惊讶,一个受人尊敬的先生姐,怎么还会葆有如此高贵的质地。我是想说些什么的,正慎重地措辞着,小芹抢在我的前头说话了。

小芹说:“我做人时,谁看得起过我?我不做人了,变成了鬼,人没了脸面,却把我像神一样敬起来了。”

2010 年 12 月 13 日　埃及卢克索

碎嘴的外婆

说外婆的脚碎，我是不担风险的，她们那个时代的女人，谁的脚不碎呢？三寸金莲，才可以嫁个好人家，脚大了，是没人讨要的。

外婆的脚碎，嘴似乎比脚更碎。

外婆的那双碎脚，自己爱惜了一辈子，也认真了一辈子。不说别的，就说外婆脚上的鞋子，扎花绣朵的，没有一双不像世上少见的艺术品。年轻时，外婆是自己务劳她碎脚上的小鞋的，她把地上的花和草，还有禽兽和庄稼都能描了样子，绣在她的鞋面上；她把天上的星和月，还有流云和彩霞也能描了样子，绣在她的鞋面上。但是外婆老了，眼神不好，手指粗糙，务劳外婆小鞋的任务，落到母亲的手上了。母亲也是一双碎脚，她给外婆务劳小鞋时，也是要给自己务劳的。母亲学着外婆的谨慎和认真，为她和外婆务劳着小鞋子，却总是不能使外婆满意，让碎嘴的外婆说东说西，说得母亲脸红了，外婆还要非常嘴碎地继续说，日复一日，年复一年，说得我大了，能为家里放羊了，嘴碎的外婆就说起我来。

嘴碎的外婆说我，是很讲策略的，她不直接说我的不是，只说羊群里的羊。哪只羊瘦了，外婆就说哪只羊是个吃高草的货，在坡地上只顾撵着高草跑，就不知道低下头来，铺地的草才厚呢，才能吃得够，才能长得到膘。外婆说得太对了，我揣摩着她嘴碎的说道，赶着羊群到坡上去放，发现外婆数说的瘦羊，果然是好高骛远的那一类，总是不听号令地跑在羊群的最前头，撵着高草去吃，费力气不说，吃得也缺营养。这让我大大地佩服起我嘴碎的外婆了。在成人以后，我记着外婆这些嘴碎的说道，做什么事情，虽然会抬起头来，向着高远的地方看几眼，但最终会低下头，踏踏实实，说自己能说的话，做自己能做的事。

我服气外婆，还在于她的碎嘴里，装了许多说不完的故事。

我写《先生姐》，主人公先生姐的一些传说，差不多都是外婆说给我的。在我们那个地方，抽签算命伐大神的人是个男人，大家自会叫他“先生”，而如果是个女人，大家在

“先生”二字后加一个“姐”，就要叫成“先生姐”了。我不知道外婆说的这个先生姐是否就是她自己。因为我的外婆，对这几项技艺，似乎都很精通。只不过1949年后，政府反对抽签算命伐大神，外婆很少有大展拳脚的机会。外婆给我说，先生姐的母亲，是个很不错的先生姐哩。先生姐想做人，不想像她娘那样抽签算命伐大神，为此她厌恶她娘先生姐。她想做人，可她做人做得太难了，没人把她当人尊重。后来她娘先生姐死了，她在她娘的棺木前哭昏过去，再醒来时，像是她娘的鬼魂附了体，能够机巧地抽签算命伐大神。从此，她却获得了人的尊重，不仅是普通的老百姓，就是头上戴着官帽子的人，也都拜倒在她的面前，坦白自己的罪恶，祈求自己的前途平坦。

这太有趣了！我当时听着嘴碎的外婆说着，不由得“嘎”地笑了一声。

嘴碎的外婆对我的笑反应特别强烈。她说娃你不要不信，你等着，会有你信的日子哩。

我得服气嘴碎的外婆的预言，现在我是真真切切地相信了外婆讲的故事。所以我还要说嘴碎的外婆给我说的其他故事，都是非常精彩的。其中一个更典型，当然也是罕见的。

外婆说菊村街(我老家扶风县的一个老镇)上做生意的范掌柜，去扬州进货，在那里看上了一位眉清目秀的姑娘。当时姑娘家事态紧急，那位姑娘欲救她被绑了票的老父亲，就放出话来，谁能拿出一千两银子，她就是谁的了。姑娘放话，只要赎回她的老父亲，她给人做大做小都无所谓。绑了姑娘老父亲的杆子们，心狠手辣，当地垂涎姑娘的富户不少，但都怯着杆子，当然也怕担上乘人之危的恶名，就都做了缩头乌龟。范掌柜来扬州进货，揣在身上的银票，足够买下那位如花似玉的姑娘，让她得了钱去赎她遭罪的老父亲。范掌柜在没见姑娘之前，并没有将这件事情放在心上，但他听人热烈地讨论着，就想去见那姑娘。出门进货，是个孤寂清冷的事情，怎么打发眼前的日子，还真是个问题。范掌柜以往来扬州，找个姑娘陪陪他，是少不了的内容。扬州的姑娘好，温柔体贴，娇媚宜人，范掌柜是很喜欢她们的，他早有带个扬州姑娘回家的想法，可也有自己的标准，绝对不带那些陪他的姑娘回去。她们是干什么的？他可不能让老家的人笑话。

范掌柜急着瞧赎老父亲的姑娘去了。

范掌柜瞧了姑娘一眼，就把揣在身上的一千两银票掏出来给了姑娘，让她赎回了她的老父亲。姑娘没有食言，在她父亲平安回家后，简单地包了几件衣服，就跟范掌柜到北方老家的小镇来了。姑娘带的衣裳简单，带的书籍却不简单，《论语》《左传》《史记》《诗经》《红楼梦》《聊斋志异》，等等，海了去了。姑娘是个识文断字的读书人，这让做生意的范掌柜喜出望外，把他雇来拉货的车船，装上姑娘的书籍，拉回了菊村街。

范掌柜拉回了姑娘和姑娘那许多典籍，确实给他挣到了不少面子。他是想姑娘和他滚在一盘炕上，触摸姑娘的香体时，也感受到她独特的书香味。可是他发现不能，姑娘不读书了，她把千里迢迢拉到菊村街的书，堆在灶火口上，一页页撕着烧火熬粥喝。范掌柜不懂了，问姑娘何苦不食家里灶上的饭，要自己撕书煮饭？姑娘笑了，笑得特别苦涩，笑着说吃不下柴草做的饭，她吃一口吐一口。范掌柜劝说姑娘收起她的怪念头，就吃柴草烧的饭，吃多了就习惯了。姑娘没听范掌柜的劝，还把她带来的书撕了烧，做她的饭，她反感柴草气重的饭，她要吃出饭的书香味来。姑娘把她带来的书烧完了，还找来范掌柜收藏的书来烧……最后竟逼着范掌柜在菊村街上收书给她来烧饭。

烧书煮饭的姑娘后来怎么样了，嘴碎的外婆没有说。可是我想起她说的这位姑娘，就很自然地想到外婆，不晓得这是她编的故事,还是菊村街上真的有过这么一位烧书煮饭的姑娘?当然,有或是没有,都不重要了。我记下了嘴碎的外婆说的故事,并把这个故事写进了我的一部中篇小说——《珍藏的父亲》。

现在想想,我之所以还能操练文字,嘴碎的外婆是起了关键作用的。

我是爱文学的,小学四年级时,扶风县举办小学生作文竞赛,我写了篇《我和一棵小树苗》,经评委投票,我获得头等大奖。但我想要坦白地说,我为自己设计的未来,是成为一个土木工程师(南京长江大桥的兴建,强烈地吸引了我),我的父亲也鼓励我向那个方向发展。父亲说,修桥铺路,仁人的做法。

我后来埋头于文学活动,是在20世纪80年代初。那时我在扶风县的一个专业局里做副业工,要说我很努力了,我想转正吃商品粮,但政策像一堵墙,我撞破头,都别想撞进去。怎么办呢?我昼思夜想,想出了一个"敲门打窗子"的主意,因此,我点灯熬油地操练起文字来了。还别说,效果真的不错,我辛苦垒砌起来的文字,一篇一篇刊发出来,到1985年6月,《当代》3期头条位置发了我一个叫《渭河五女》的中篇。我因此顺利地被招了干,并顺利地上了大学。

可我爱文学的心还没到痴迷的程度，在大学里听老师讲课，在图书馆里读书。听着读着，才知自己的浅陋，梦醒时分，自己弄了两个菜，把自己灌醉了一次，就再不去想文学了。

把牵着文学的手放下来，一放就是二十年。2005 年，我又不由自主地拾起笔来，又要操练文字了。磨镰不误割麦功，二十年不碰文字，要再去操练时，居然一点都不生疏，甚至可以说是驾轻就熟，得心应手。我是按捺不住了，心里很喜悦，又为自己的过去感到羞愧了。这二十年，是我生命最为旺盛，心智最为发达的时期，而我羞愧地逃跑了。我检讨自己，后悔吗？我的检讨结果是，不后悔。不仅不后悔，甚至还庆幸二十年的逃兵生涯，极大地丰富了我的生活和思考，让我坐在书桌前，每每捉起圆润的笔尖，就像突然接通了一条神秘的大河，总有一种喷涌不息的感觉。我苦恼，我的手笔，总是跟不上心里蹦蹦跳跳的字句的速度。

我怀疑，那蹦蹦跳跳的字句和思绪落在纸上，为什么那么滚烫？我想那该是我把我的血做了燃料，在心里把喷涌而出的文字，全部旺旺地熬煮过了，才放它们出来，落在洁白的纸面上。

从逃跑的路上再回来，我回到文学的队伍里来了，但我是胆怯过的，毕竟有了一把年纪，我怕自己操练文学时，精力不济，才智欠缺，不能操练出个小样儿来，遭人耻笑。我小心翼翼地操练着，且是丑媳妇不怕见公婆的，认真地想嫁出自己，不敢想多有成就，能够聊以自慰就很幸福了。况且，人长到我这个年纪，差不多脸皮又老又厚，比不上老厚的城墙，也该比得了院墙的。我不用怕人耻笑，更不用自己胆怯。

我把我交给文学了，而且不再逃跑。

2010 年 5 月 14 日　西安曲江

我把母亲抱在怀里

我把母亲抱在怀里，就像母亲曾经抱着我一样。母亲抱着我的时候，是我的新生，我攥着拳头哭声嘹亮……我抱着母亲的时候，母亲即将撒手远去，她悄然不语……在我昨夜的梦里，我梦见母亲了。

这一夜，我即将步入生命的第六十四年，而我的母亲，离开我也已有二十二年。

二十二年前的七月，我从咸阳报社调入西安日报社已三月有余，母亲在我租住的家里，三番五次要我把她送回老家。母亲给我说，我父亲想她了，要她去陪他。我嘴上答应着母亲，却没有任何行动。我坚持认为，母亲是说胡话，她虽然八十五周岁了，但身体很好，能吃能喝能走动，抱着我三岁的女儿吴辰旸，还能坐在阳台上的阳光下，教我女儿说口谱。母亲记得的口谱很多，在我小时候也给我说过。

我还记得，我女儿也记得的，有一大堆，但记忆最为清晰的，是这几句：

蜂蜜罐罐，油馍串串，
肥肉片片，臊子面面，
额娃额娃福蛋蛋。

我抗拒着母亲，没有立即送母亲回老家，母亲竟悲伤地哭了。我没了办法，就把母亲曾经说给我，也说给我女儿的这四句口谱说给她听。我不说母亲说给我和女儿的口谱时，母亲只是潸潸啜泣，我把这四句说出来，想要哄母亲开心而停止啜泣……过去的日子里，我这么哄母亲，总能把她说得笑出来，可这一次，我失败了。母亲不仅没有乐起来，反而还把她的暗自啜泣演变成了大声的哭诉。

母亲哭诉我不听话了。她说她没有说胡话，她说她不会说胡话，真的是父亲想她了，她要去陪父亲了。

父亲在我十四岁时，就迫于无奈地辞世而去。那是1968年，要面子的父亲，不忍被戴上一顶“村盖子”的高帽子，在父老乡亲和儿女子孙面前游街示众，趁着黑夜，把一根绳子，挂在如钩的月亮上，就自己攀着去了天堂。这么算来,父亲离开母亲和我已经二十六个年头了。在这二十六年里,我在扶风县北的闫西村种了十年的庄稼,此后又在扶风县城做副业工和合同制国家干部,再到西北大学读书,到咸阳日报、西安日报工作。母亲和我相依为命,我到哪里,母亲跟我到哪里,她突然说出那样的话,我是不能接受的。

我惶恐畏惧,胆战心惊,奈何不了母亲,也奈何不了自己。

我答应了母亲,找来一辆小车,抱着我的母亲,和她一起回了扶风县北乡的闫西村。

坐在小车里,我想着母亲的过去,有些是她说给我的,有些是我亲历亲见的。母亲说给我最多的,是我的父亲。母亲在说父亲时,起头的话,总是一句"短寿死的"。我初听时,以为母亲跟父亲结着什么大怨大恨,听多了,才觉出那是母亲对父亲的一种思念,而且还有点母亲自己的骄傲。

不过,母亲说起父亲,总是特别不客气,我忘不了的还是母亲说的这样一句话。她说:"我就不该嫁给短寿死的。"母亲最早说的时候,父亲还没有离我们这些儿女而去。母亲那时候说这句话时,她会说得咬牙切齿;父亲离开我们走了,随之而来的,母亲骂我父亲"短寿死的"时,依然怨中带恨,却也不失自己的骄傲与自豪了。

母亲被父亲娶回家来，是因为一个游方道士的话,父亲坚持要母亲给他生育五个儿子。母亲是争气的,一个接着一个,给父亲连着落草了四个儿子。到母亲分娩第五胎时,生出一个女儿,父亲面对他的大女儿,也是喜欢的,可是等到母亲又生下二女儿、三女儿时,父亲不能容忍了,他的二女儿和三女儿落草下来，都没能睁开眼睛哭出声,就被父亲残忍地按进盛满了水的脚盆里,溺亡了。还好父亲没再见到那个给他算过命的游方道士,他去了我们村口的小庙,向小庙里唯一的老和尚求教。老和尚对父亲已有的行为早有耳闻,在父亲向他求教时,老和尚双手合十,什么话都不给父亲说,只是一个劲地数着他的念珠,喃喃自语。

老和尚的自语是:罪过……罪过……

就在老和尚自语“罪过”后不久,母亲又给我父亲落草了一个女儿。这一次,父亲接受了他的这个女儿,至此两年以后,母亲再次分娩,产下了我,完成了父亲所希望的“五条汉子”。

母亲开口即骂父亲“短寿死的”,与父亲溺死他的两个女儿是相关的。再还有什么呢?母亲没有说,我也就不知道了。

可以想象，一对农家夫妻，要养活我们兄弟姐妹七人，是怎样的不容易，仅吃穿，就让父亲母亲作难了。母亲说过，为抚养我们，他们夫妻是做了分工的，吃是父亲的事，穿是她的事。对此，我有深切的体会。

先说吃吧。20 世纪人民公社后的大跃进，父亲以他一个庄稼把式的智慧预知了后来的大饥荒。他在生产队参加集体劳动，每隔些日子总要缺工一两天。父亲之所以缺工，是因为他独自钻进了我们村北的深山，在山林里开荒种谷子。父亲的这一举动，以当时的政策而论是反动的，可是正因为父亲的“反动”，大饥荒突然来临且蔓延全国时，父亲就隔三岔五，天黑后甚至半夜悄悄回家，肩上背着他耕种出来的谷子，在家熬了稀饭给我们喝，让我们一家九张嘴，在饥饿的岁月里没受太大的罪。

我问过母亲，父亲在山里为啥只种谷子。母亲就在我头上拍了一巴掌，要我去问父亲。父亲给我说清楚了，他说荒山地谷子好长。

我没说出藏在心底的小九九，其实我是想吃母亲做的面条的。我不是夸口，我母亲的臊子面，做得是很绝的，为此我写过一篇《想起老饭店》的散文，发在 2009 年的《美文》杂志上，因此还引起了一场小风波。当时，我在西安报社工作，市委宣传部的一位副部长是我的同乡，他看过我的散文后，打电话生气地质问我，你怎么能写文章说你妈做的面是你们村最好吃的？他这么质问我，没能使我沮丧不满，而是让我更加理直气壮，我对上级的副部长毫不客气地说："我只说我妈做的面是我们村最好吃的，我这么说是不够的，我还要说我妈做的面是世界上最好吃的呢！"

我电话里的回话，把上级副部长说得哑口无言了。他在电话那头喘着粗气不说话，我想到他大概和我一样，都吃不着母亲做的面了。

我没有让同乡太难受，在电话这边说，对不起，我吃不着母亲做的面了。听了我的话，他在电话那头，一改刚才气愤的语调，很是低沉地回了我话，说他也吃不到母亲的面了。

母亲的味道就在我们的舌尖上，当然还在我们的身体上。分工后负责我们穿着的母亲，把夜熬得更深沉了。在我童年的记忆里，母亲的辛劳不分四季，母亲的纺车总在炕头的一角，嗡嗡嗡嗡地风旋，好像是越到寒冷的冬季，越是摇得急迫，摇到深夜。我们兄弟姐妹后来说，无人不是蜷缩在母亲摇着纺车的怀抱里睡过去的，我们听惯了母亲纺车风旋的嗡嗡声，仿佛那持续不断的声响就是一支催眠曲，我们听不见时，还可能睡不踏实。

我们兄弟姐妹七人，倒是在母亲的纺车声中睡鼾了，睡足了。可是我们的母亲呢？她摇着纺车，一日一日又一日，一夜一夜又一夜，她就不困了？她就不乏了？肯定不是的，我们听母亲说过，每到换季的日子，或单或棉，我们高高低低七个人，加上身材魁梧的父亲，都能体体面面地换上新衣服，她所有的困乏就都值得了。特别是大过年的时候，初一的清早，新棉布、新棉花弥漫着一种特有的气息，包裹着我们兄弟姐妹和父亲的身体，母亲走过来转过去，把我们穿在身上过年的新衣，伸手这里拽一拽，那里抻一抻，她的脸含着笑，特别的温和，特别的温暖。

母亲还给我们兄弟姐妹和父亲织毛袜子和毛手套。

母亲把给我们织毛袜子、毛手套的希望寄托在了她养的那几只绵羊身上了。要养好养肥几只大绵羊是费时费力的，青草长上来的季节，可以牵着绵羊到田野上的墩坎上去放，入冬后，就只能关在圈里喂养了。而喂养绵羊的饲草却要在青草摇曳的时节割回家来，晾晒干了，堆积起来，等入冬了喂给绵羊。父亲忙着庄稼地，闲暇了，就去割青草。但这是不够的，母亲知道几只大绵羊卧冬时的食草量，她也是要为冬贮而提上镰刀、拿上担绳去割青草的。我们村西，离家三里地的地方，有条名叫草沟的深沟，是母亲割冬贮青草的最佳去处，也不知母亲在草沟割了多少回草。在一个傍晚时分，母亲在草沟割了一捆草。那天的草捆得有点多，母亲用带着钩子的担绳把草捆子捆紧，半跪半蹲把肩膀套进绳捆子里，想要背起草捆回家，可她使着力气，背了几背，都没能把草捆背起来。

母亲感到奇怪了！想她怎么就把草捆背不起来呢？

就在母亲觉得奇怪的时候，几只小狼崽蹦跳着跑到她的面前，睁着圆溜溜乱转的小眼睛，看着母亲乱吱哇……母亲因此更为奇怪，她抬了一下头，看见了一只大母狼，两只前爪踩在她的草捆上，一条鲜红的大舌头，不偏不倚地搭在她的头顶上。母亲被吓昏了一刹那，紧接着又清醒过来，她想着家里的孩子们。她给大母狼诉说起来，说你是个母亲，我也是个母亲哩！母亲都为自己的孩子好，你忍心你的孩子好，而让我的孩子哭吗？母亲车轱辘说着这几句话，说得她面前的小狼崽都跑得没了影子。她再抬头，也不见前爪踩在草捆上的大母狼了，母亲使了一把劲，把草捆子背起来，背上壕沟，回了家。

母亲给我说她经历的这件事，已经是几十年后了。

这个时候，生活在关中道上的人们，谁还能见到一只野生的狼呢？见不到了，狼几乎绝了迹，而母亲不忘她曾经的经历。母亲问我了,说狼都到哪里去了?怎么就见不到狼了呢?特别是在我父亲过世后,母亲不止一次怀念狼。

母亲说:“狼是通人性的,狼听得懂人的话。”

母亲说:“人通人性吗?人怎么就听不懂人话呢?”

父亲过世二十六年,一直跟着我生活的母亲,从老家闫西村进了扶风县城,从扶风县城又到咸阳市,从咸阳市再到西安城。母亲的身体向来不错,除了一时半会儿的头疼脑热,没有什么太要紧的病。她说我父亲想她了,她要去陪我父亲了,坚决要回老家去,我不能不顺母亲的意,陪着母亲回老家了。几十年离家在外,回到家的母亲,引来村里人问候,母亲精精神神,什么事都没有,我给家里大哥、二哥、三哥,还有大姐、二姐交代了一下,并给母亲问了声安,就又回西安自己的工作岗位上,编稿子、写文章。过去了两天,二哥打电话给我,让我火速往家里赶。二哥说母亲清早起来,自己烧了锅热水,在脚盆子里腾净了自己身子,自觉地翻箱倒柜,把她给自己准备的老衣都找出来,满面笑容地穿好,在老家的院子里,前前后后走了个遍,这就要大哥、二哥他们给支床,说她要走了。

母亲是要去见我们的父亲了吗?大哥、二哥他们吓坏了,打电话给我,我没敢迟疑,在回家的路上,拐进扶风县城，叫上在县医院当院长的一位李姓同学，回到家来，看见我的母亲已静悄悄地躺在由几块木板支着的床上。

我回家来，让在县城名气很隆的医生同学给我母亲做了全面的诊断，心电图、脑电图都做了一遍，然后给我言语，老人没啥病，老人就是老了。我听得懂同学说的“老了”的意思，也就是说没病的母亲，她全身器官赶在同一个时间，老得没有用了。我没有流泪，更没有哭诉，我爬到给母亲临时支起来的木床上，轻轻地把母亲抱起来，紧紧抱在怀里，把我的脸贴在母亲的脸上，我听见母亲给我再一次说着她说顺了嘴的口谱：

蜂蜜罐罐，油馍串串，
肥肉片片，臊子面面，
额娃额娃福蛋蛋。

2016 年 11 月 6 日　榆林市靖边县

我把父亲牵在手里

读初中的女儿，在她十三岁那年，突然强硬地把我牵在了她的手里。

那是个星期天，女儿要去我家对面的一个小区，参加那里组织的两个小时特长培训，过去，或是她母亲，或是我，牵着女儿的手，走在车水马龙的马路上。这一次，我还像原来那样要牵着女儿走，可在我的手伸向她时，她先抓住了我的手，我感觉得到女儿手的力气大了，她有了把我牵在她的手里，在她的主导下来过马路的力气了。

这件事过去了十多年，我在想女儿把我牵在她手里的时候，我是什么时候也把父亲牵在我手里的。

父亲那一辈，他们兄弟四人，老大行武，老二也行武，还有老四也行武。不过老大吴俊岐、老二吴俊儒行伍国民党的军队，老四吴天合则参加了共产党的军队，在宝鸡与延安之间，建立了一条他当游击队队长的交通线，把从宝鸡搞到的药品及别的战略物资，通过秘密渠道，输送到延安去。老大吴俊岐牺牲得早，他是跟随陕西地方军东渡黄河，在中条山抗击日寇时牺牲的，牺牲时年仅二十四岁，为一个步兵连的连长。就在赴中条山抗战前，他坚决地把老二吴俊儒从军队中扯回了家，说他为国尽忠就好了，要老二在家尽孝。

父亲吴俊藩，是个耕田种地的把式，老大抗日牺牲后，我的爷爷奶奶也相继过世，老二和我父亲就分门立灶，各过各的日子了。老四吴天合性格刚烈，分家时随在了我父亲身边，结果两兄弟闹了一场矛盾，为的是什么呢？父亲没有给我说过，我四老人也没有说过，总之，兄弟俩没法在一起了。四老人一气之下还离开家，直到中华人民共和国成立，四老人挎着短枪骑着大马回到家里，家里人才知道他参加了解放军的游击队，是对革命有功的人。

在他们兄弟之间，父亲是个彻头彻尾的庄稼汉，用他自己的话说，我把牛尻子戳了一辈子，你们还像我一样戳牛尻子吗？

这是父亲说得最多的一句话，我们兄弟姐妹七人，他都这样给我们说过。他这样数说我们，是一种现身说法，以自己的生存模式，激励我们兄弟姐妹，要好好读书，活出一种别样的人生来。

一个热爱土地的庄稼把式，年轻时还是有机会脱离土地的，或继续学业，或经商赚钱，但他都放弃了，死活都要守着土地，春种秋收，喝小米稀饭，吃白面蒸馍，他把日子过得有滋有味，踏实认真。年纪大了，却突然地否定自己，厌恶土地，我有许多年都想不明白，直到现在，依然不敢说我想明白了。但我可以说，他热爱土地的时候，有几十亩地是登记在他名下的，他厌恶土地的时候，他的名下连一分土地都没有了。

父亲过世后，我们整理他的遗物，在他数十年枕着的枕匣里，发现了他收藏的地契，这使我们兄弟姐妹震惊了，知道父亲并没有厌恶土地，他还是视土地为生命的。安葬父亲时，我们兄弟姐妹一起把父亲收藏的地契，烧在了父亲的坟前。

父亲不想我们兄弟姐妹再戳牛尻子，这是父亲的远见，当然更是认清现实的一种无奈。

“文革”的时候，父亲被扣上了一顶“村盖子”的帽子，他被游街批斗，思想转不过弯，自己了结了自己，我想我的父亲，与土地纠缠了一生，热爱也好，厌恶也罢，土地确实太让人烧心了。

乳名吴义田的大哥,乳名吴无田的二哥,乳名吴新田的三哥,乳名吴余田的四哥,还有乳名吴乃田的我,都宿命地被父亲按照我们出生时的情势,冠冕了一个“田”字。因为父亲对土地的情感变化,在他的督促下,我的四位哥哥,或学医,或公干,先后都把手伸进了“公家的馍笼子”,余下我还有两位姐姐,围绕在父亲的膝边,被父亲牵在手里,一日一日成长着。

重男轻女，是父亲他们那一代人以及往上翻多少辈，所共同信奉的一种价值取向——嫁出去的女儿,泼出去的水,女儿家终究是人家的人。

父亲没能例外,尽管他把我的两位姐姐当作“小棉袄”一样疼爱着,但那也不及对我的爱的十分之一。两位姐姐是父亲的小棉袄,而我则是父亲的心头肉。举一件事,就可了然父亲对我的偏爱是超越了一切的。我长得腿硬了,摔摔打打的,被父母牵在手里,能去十里地外的召公镇上会了,能跑七里地远的法门寺跟集了。父亲这一个会上召公镇,下一个集去法门寺,都会牵着我的手去,而我也乐颠颠地被父亲牵着,那是有特别的好处的。乡下的生活,只有过年时才尝得到点荤腥,平常日子,是难见一点肉末子的。父亲牵着我跟集上会，情况则大不一样，去了召公镇的会上，父亲会掏钱买一碗羊肉泡馍，跑了法门寺的集，父亲会给我买一碗生汆猪肉丸子。

享受父亲这一特殊关爱的时候，正是20世纪大饥荒的年代，到处都有饿死人的传闻。

四位哥哥都出门参加工作了，两位姐姐在读书，而我也长大要读书了。1961年9月初，父亲牵着我的手，把我送进村子用庙改成的小学，把我往老师手里一塞，便转身走了。我是看着他的背影走出小学大门后，才转身进的教室，可我在读到小学语文课本的“天、地、人、口、手”的时候，无意识地往窗外瞥了一眼，那一眼里，是父亲为我操心的面容，正贴在教室的窗玻璃上。下课回到家里，父亲奖励了我一个白面蒸馍。那个蒸馍，是父亲从我们晚上睡觉的炕头上取来的，在炕头我横睡的地方上空，用绳子吊着个馍笼子，我从炕上爬起来，伸手到馍笼里就能摸到一个白面蒸馍。

在此之前，我的头顶上是没有馍笼子的。

这以后有了，但名义上是为年老了的父亲特殊准备的。

父亲以奖励的方式，给我演示似的从馍笼里取出一个白面蒸馍，让我从此清早起来上学，自觉不自觉的，穿好衣服下炕时，都要伸手到我头顶的馍笼里抓出一个白面蒸馍，装进衣服口袋。这让我在上学读书的空隙，很好地享受一阵。

我偷偷地享受着父亲的优待，原以为父亲是不知道的，后来想，我清早起来偷拿白面馍，父亲怎么可能不知道？他是知道的，他不揭穿我，任由我分享他的优待，他是故意的，因为馍笼里的白面馍，他是不吃的，都被我偷偷享受了。父亲把他应享的优待，全都给了我。

我享受父亲的优待，这在身高上很好地体现了出来，我们兄弟姐妹七人，我鹤立鸡群，一米八二，是最高的一个。

“文化大革命”说来就来，父亲被戴上“村盖子”的大帽子拉出家门批判游行了。

怎么就“村盖子”了？到现在我也说不清楚，但有两件事，或许能说明一些问题。

没任过公职的父亲，面对村里的一些重大事务，都特别有发言权。20世纪60年代初，国家扶持乡村电力建设，我们村的干部积极争取到这一扶持后，他们集体到我家来给我父亲说这事。当时我给来家的村干部熬茶，看到村干部眉飞色舞地说着,但没能赢得父亲的赞赏。父亲吃的是一杆长长的旱烟锅,他一锅接一锅地吃着,就是不开口说话。他的沉默,让村干部们十分焦急,几次三番问父亲,要父亲说句话。最后,他先把烟锅里的烟灰"咣咣咣咣"在石砌的炕台上磕掉,又喝了一口浓酽的茶水,这才说话。

父亲说:"啥是电嘛,我不知道。我只记得老祖宗教训咱们不要惹电,你们说嘛,这电是好惹的吗?"

我们村的电力建设,因为父亲的这一句话,推迟了近十年,到父亲死后才拉进了村。

这是一件事,另外就是端饭了。

村里有那么一些人家,只要做一顿好吃的,都要先匀出一碗,热烫烫的,由这家人选派一个干净伶俐的人,从他们家里端出来,走在我们村逶迤的村道上,小心翼翼;端进我家来,嘴上呢,还要热情响亮地叫着端饭者能够呼叫的称呼,双手端着递到我父亲手上。

给我父亲端饭,几乎成了村子一段时间里的一道景致。

常常有端重了的时候,这时候,父亲会把我叫到他跟前,让我帮他吃村里人端来的饭。我记得那些饭,有臊子面,有凉皮,有油炒粉……都是我们那里乡村生活的特有饭食。

这是父亲在我们村的一份荣誉，在他生前，只有他一人独享，在他死后，再也没有这样的事出现。

“文化大革命”来了，父亲成了“村盖子”，他被戴上一顶纸糊的高帽子，拉扯到街上批斗游行。父亲是乐观的，他给自己，也给与他一起挨批斗游行的人宽心，说斗就斗么，说游就游么，咱们过年过节，不是也要社火嘛，咱就当批斗游行是耍社火哩。

乐观的父亲看不惯他高帽子上写的字，太潦草，太没有书法的笔意了。游斗了一天，父亲晚上回到家里，找来一些白纸，在高帽子上又糊了一层，并用他练习了几近一生，习得很有些门道的汉隶，把“村盖子”等几个批判他的字重新写了出来。那天晚上，父亲把他重新写过的高帽子，就放在他拉着我睡觉的炕头上，过一会儿看一眼，过一会儿看一眼，很是欣赏他的书法。他自己不无自豪地欣赏着，还把我拉到身边，让我也来欣赏，父亲给我讲他写汉隶的笔法，这一横如何如何，那一竖如何如何……我到今天还记得父亲在那一夜给我讲解书法的话。我后来也好书法，都是父亲灌输给我的。

我没有想到，那个夜晚竟是父亲对我传授书法艺术的最后一夜。

来日清早，父亲吃了早饭，自觉戴上他重新书写过的高帽子，来到村街上接受游斗了。父亲的汉隶，遒劲有力，风骨坦荡，他一站在人前，就引起众人观看。这让主持批斗会的人大为恼火，冲到父亲跟前，夺了父亲的高帽子，扔在地上进行踩踏……父亲默默地看着，他原来乐观的心态，那一刻发生了极大的变化。

批斗会结束了，参加批斗和被批斗的人都走了，唯有父亲还僵在原地，低头看着他用汉隶重新书写过的高帽子烂碎在他的脚前。

那一年我十四岁，这一天是1968年的中秋节。我挪着碎步到父亲身边，第一次把父亲牵在手里，像父亲原来牵着我一样，将父亲牵回了家。

是夜，父亲用一根绳子，结束了他的生命。

2016年12月3日　北京饭店

第二辑 知常情味

令人泪流满面的音乐

我是眼泪少于欢笑的那种人，虽然我的欢笑很少，但我的眼泪更少。记忆中的几次，大多流给了音乐。

窗外不远，就是大唐盛世遗留下来的西安城墙，早起的一场薄雪，在墙砖的退台上，塑起一条条洁白的色线，层层密密，从城墙的基石一直排到城墙顶的堞垛上，粗细有致，仿佛雪写在古城墙上的音符。天擦黑时，有位穿着传统古雅的老者，出现在了空寞冷寂的城墙上，举起一只红陶烧制的埙，极为专业地吹奏起来。

埙的声响空旷曼妙，仿佛一个走过高山大川的旅人遥望繁华时的呜咽。透过写字楼对着古城墙的那扇窗玻璃，我看了一眼吹埙的老人，眼睛便一阵酸涩，很快便湿淋淋的了。

出身于西府农村，当时因环境闭塞，我不能聆听世界级的贝多芬、施特劳斯、莫扎特、德彪西，以及帕瓦罗蒂、多明多、帕雷拉斯等；也没有听过这仿佛出土文物一样的埙乐。我所能听到的只有乡间小调和“社员都是向阳花”“大红枣儿甜又香”一类的歌曲，这些东西要么滑稽幽默，要么喜庆欢乐，都不能使我感动。别人唱自己也跟着唱，嘻嘻哈哈，热热闹闹，倒也不失为那个灰暗时代的一种生活调剂。直到我长大成人，有了自己的孩子，拥在热烫烫的土炕上，粉粉嫩嫩得像是才从地里抱回的一个瓜扭儿，张嘴睁眼，哭出了一脸的梨花和杏花，老母亲就拍着小孙子哼起我似曾相识的歌谣：

咪咪猫，上高云，
高云高，掏雀雀。
雀儿红，雀儿花，
雀儿没有长尾巴。

能够想到，在我和我儿子一般小的时候，母亲一定也为我唱过这样的歌谣，一定是千遍万遍地唱过。蓦然，我的心头像被一把火点着，眼泪忍不住地流下。我不想让母亲看见，背过身去，用手捂住了眼睛，然而眼泪又岂是手掌所能捂得住的，它穿透了我的指缝，仿佛山间小溪，潺潺不止地流着。

我很少流泪，不是没有泪，而是深深地掩藏在心里头。我不想让别人看见我的泪水，即使在一些生离死别的场合，我心如刀绞，双眼冒烟，鼻子喷火，都能很好地忍住眼泪，这使我在外人看来，不是太坚强，就是太生涩、太不到位。但我改变不了自己，越是悲痛欲绝的时候，越是哭不出来。有谁知道，在悲痛发生之后，当我面前没有一个人时，眼泪是会流出来的，而且会像决堤的洪水一样倾泻，不能自禁。

但我要强调的是，我所有的流泪都是无声的、默默的，像我听着母亲为我的儿子哼唱歌谣时一样，尽可能地把自己掩饰起来。

突然就听到了瞎子阿炳的《二泉映月》，是从一架老旧的留声机发出来的，黑色的、草帽一般大的唱片在留声机的转盘上悠悠地转动着，有一根婴儿手臂一样的滑杆，顶端卡着一枚银闪闪的钢针，在唱片细密的槽纹里划着，如清风、如水流、如裂帛、如断木一样的二胡声，仿佛泣诉，仿佛歌泣，强烈地敲击着我的耳膜、我的心肺，我的眼泪便潸然而下了。

那时我好想告别故乡。穿着打了补丁的裤子和打了补丁的衫子，到县城参加“文革”后首届大学考试报名，在报名处的玻璃窗外听见了《二泉映月》。当时我并不知道这是一位名叫“阿炳”的盲人的杰作，只觉得丝丝缕缕的乐声，仿佛一记温柔的拳头，重重地打在了我的胸怀，我感到特别的空虚和无助，不晓得前头的路是铺满了阳光，还是布满了荆棘，我就只有流泪了。

这样的流泪，我还能说出一些理由，而另一些眼泪，我想得头痛，就是想不明白原因，只觉莫名其妙。

受人邀请，去看一场孩子们的演出。有位胖乎乎的“小帅哥”，在舞台上跳来跳去地唱着《最远的你是最爱我的人》。听得出来，他唱得很投入，不断地舞动着，祈求台下的掌声。他是多么需要观众的鼓励啊！他还很年幼，可台下的观众麻木不仁，十分吝啬自己的掌声。“小帅哥”就只有更加起劲地跳，起劲地舞，终至脚下一滑，一个屁股蹲儿坐在舞台上，可他依旧拿着麦克风，情绪高昂地唱着。其时，台下响起了零星的掌声和笑声，听得出来，那样的掌声和笑声里没有半点鼓励的味道，有的只是一种淡然的嘲笑和倒彩。也在其时，我的眼泪不可抑制地流出来了，为了“小帅哥”？为了“小帅哥”的音乐？我不知晓，只见他仍然不懈地演唱着，直到歌曲结束。这像极了一种人生的无奈，你竭尽全力地感动别人，到头来却只是感动了自己！

我为“小帅哥”流泪了，他自己会流泪吗？

接下来的演出顺利地进行着，又一位酷酷的“小帅哥”，串唱张学友的《祝福》。过去没少听这首歌，尽管我很喜欢，张学友的原版，我却听不出多少感动。但在那晚，我被打动了，在“一切尽在不言中，这一刻偎着烛光让我们静静地度过”的歌声里悄悄地流着泪。我扪心自问，我的眼泪不是为了那感伤的歌词，也不是为了那模仿者的演唱，可能只是为了那婀娜缓行的伴舞。她们是一群同样年幼的姑娘，身穿一袭白裙，手持一支白色的烛光，轻盈地旋着，飘飘的裙裾、闪闪的烛光，流露出一篇更为动人的乐章。

古城已坠入深夜，在西安日报办公楼四楼值班的我，推开了窗户，惊讶地发现黑黝黝的南城墙上，那一位古雅的老者，竟然还在，孤独的身影在暗夜初雪的光曦中，仿佛一位来自无际的远客，他还吹着那只陶埙，悠扬朴素的乐声在夜空飘荡，断续地撞进了我的窗口，我的眼睛又感到湿润。

我尊敬的老者啊！你为什么吹埙？从初夜吹奏到深夜，

绝不会只是为赚取别人的一掬眼泪吧！

2004 年 10 月 22 日夜　西安太阳庙

剃头

乡下不比城里，开着专门的理发店，头发长了，要剪要剃，都有专业的理发师傅。乡下就不一样了，几百上千人是没有一个专业的理发师傅的，谁要有了理发的愿望，只能相互凑合着剪，凑合着剃。而那种凑合，也是分层次的。

记忆中，我父亲的理发技艺是我们村公认的最好的。父亲为人理发，不用机械的手动推子和电动推子。父亲有一把剃头刀，他能用他的剃头刀，为愿意留“洋楼”（偏分的长发）的人，剃削出中规中矩的长发，更能为愿意刮个光葫芦的人，剃尽满头的青丝，而不伤他的头皮。父亲能给他人理发，也可以给自己理发。他们上年龄的人，无一例外都是要刮光葫芦的，父亲给自己剃头，像给他人剃头一样，先要烧了烫头的热水，把头架在热水盆上一遍遍地往头发上浇水，因为水热，头发上会腾起一股股如烟般弥散的水雾，使他的脑袋朦朦胧胧的，直到烫热的水把头发浸得酥酥的，就该是父亲动剃刀的时刻了。给他人剃头，父亲高兴了，会表演一个闭眼削发的技艺，有了这样的技艺，再给自己剃头，还能有什么问题呢？没有，父亲右手捉剃刀，左手抚摸着他的头发，他一刀一刀，像给他人剃头一样，刀刀相挨，不留一根头发，把自己刮成个光溜溜的秃瓢。

常听见如被刀割般的孩童号哭声，几乎不用猜，就知道号哭的孩童正在家里被强制性地剃着头发。也不知是什么原因，十三岁“赎身”(一种流行于关中西府的成人礼)前，孩童的头发，是由母亲给剃的。母亲心疼孩童，别说有的拿不起剃头刀，便是拿得起剃刀，在给自己的孩童剃头时，都不免紧张，把剃头刀搭在孩童的头皮上，没有不剃出血口子的。好像是孩童的头皮多出一道血口子，就会长一寸身高似的，他们便是哭破了嗓子，号干了眼泪，母亲的剃头刀，也要战战兢兢地把孩童的头发剃光了。其中有个理由：孩童的头发剃一次，下一次就会生得更黑亮、更硬扎。天下母亲，没有不愿意自己孩童的头发黑亮硬扎的。我的母亲，实在听不下我剃头时的号哭声，为此，她用目光征求过父亲的意见，但最会使剃刀的父亲，躲开了母亲的目光，不接她求助的信号。母亲无奈了，勉强给我剃过两回头后，就改用剪刀给我剪头发了。可想而知，针线筐筐里的剪子剪出来的头发，就像耕牛犁过的地一样，一道一道，是很不雅观的。但那又有什么呢？就是母亲为我剃头，剃出的模样，也比剪子剪出来的模样好不到哪里去。

为我“赎身”的那一天，清早起来，父亲在利逼石上逼着他的剃头刀。一样都是磨刀子，铡刀、镰刀什么的，都用粗不拉叽的大磨石来磨。而逼剃头刀，就只能在利逼石上逼了。利逼石的质地太细了，就如研墨的砚台一样，腻腻的，滑滑的，手摸上去的感觉，就像摸着三岁小孩的屁股一般。剃头刀在利逼石上逼出来，才是最锋利的，才能够在锋刃上吹气断发。父亲这天逼剃头刀，是要为我剃头了。我畏惧剃头，但是父亲来给我剃，我便没有了畏惧。我在村街上看惯了父亲给人剃头，看惯了接受父亲剃头的人的舒服模样。因此，在我听到父亲轻轻地唤我的名字时，我即飞奔到他的怀里，像是豢养熟了的狗儿一样，被父亲夹在他的两腿间，缩头缩脑地接受着父亲的剃头。真是难以想象，父亲的剃头刀像是附着了他巨大的爱怜，在我的头上走动时，就像一只温暖的手在抚摸，一下一下的，很快就把我的头发剃完了。父亲把我从他的腿间往外推，而我还赖着，不愿意从他的腿间出来。

剃头,原来可以这么舒服啊!

我的头突然轻得没了斤两,站着走路,也感觉自己的腋下仿佛生出了两只翅膀,轻飘飘地可以飞腾起来。

从此以后,我的头发就都由父亲剃了。我被父亲剃下来的头发,还有他自己的头发和母亲梳头落下来的头发,是不会随便扔了的。这不是父亲要管的,我的母亲像与父亲分了工似的,都由她来收拾了。父亲给我剃头,或是自顾自地给他自己剃头时,母亲就拿着把笤帚,等在一边,小心地把头发收拾起来,团成一团,塞进院墙上的墙缝里。黑黑的头发,一团一团地点缀着黄土的墙缝,让我感到疑惑,那可是母亲写在土墙上的墨书。这样的墨书积攒到一定数量时,街道有收破烂的人来,母亲就会把墙缝里的头发,一团一团地掏出来,捧到收破烂的人面前,给我换来甜甜的糖豆。那比豌豆大点的糖豆,红红绿绿的,是我孩童时期不可多得的口福。

父亲老了,提不起小小的剃头刀了。

父亲不能给我剃头,更不能给他自己剃头了。在母亲的怂恿下,烧水给父亲洗了头,由我接过父亲用过的剃头刀,来给父亲剃头。什么事都有头一遭,我头一遭给父亲剃头,剃得非常生疏,非常不顺利,就如母亲在我童年时给我剃头一样,心里是紧张的,手微微地颤抖着,在剃光父亲头发的同时,也在父亲的秃瓢上割出了几道血口子。

母亲一如既往地守在剃头现场,我把父亲的头皮割破了,他的面皮会抽一抽的。母亲不忍看父亲在我的剃刀下受虐,在父亲疼痛难忍而要抽一抽面皮时,母亲虽不张嘴辱我,但她会拿眼睛瞪我。母亲的眼睛瞪在我的脸上,我没什么,倒是受了“虐待”的父亲,要翻着眼睛制止母亲。正是有了父亲的鼓励,我剃头的手艺日臻熟练,用了不长时间,不仅能给我的父亲剃头,还能给村里需要剃头的人动剃刀来剃头了。

欺人不欺帽。帽子不是人头,只是人头上的一个遮盖物,却在民间有了如此高的尊严。这不奇怪,因为头在人的身上是最为高贵的部分,哪怕稍稍地低一下头,也要看值不值得、需不需要,“三军可夺帅也,匹夫不可夺志也”,讲的该是这个道理。所以说,谁的手长,想要摸人家的头,是必须有所顾忌的,即使两个人特别亲热,也不好伸手在人头上乱摸,尤其是小孩子,绝对不能摸大人的头,女人家不能摸男人的头,这在任何场合,都要被视为大不敬的。而如果剃头,就完全不一样。我年纪轻轻,在老父亲的跟前,是个永远长不大的孩子,我接过他的剃头刀,给他剃头,就有摸老人家头的权利,不只是摸,还要反反复复摸个遍。

对父亲是这样，对村里的其他人也是这样，除非我不给他剃头。

在我离村之后，我在大堡子的西安讨生活，后来一度失去了为人剃头的机会，便是我父亲不幸病逝，到我赶回家想给他剃最后一次头，也没能赶得上，早有村里善剃头的人，替我为父亲净了身子剃了头。

在村子里，善剃头的人，便是个受人尊重的人。好像是，在剃头的过程中，捉刀剃头的人和被剃头的人，有种特别的默契和亲近，有许多平时不能说的话，到了这个时候，便自觉撤走嘴头上的岗哨，很顺溜地说了出来。家长里短，是是非非，一点都不见怪，而且呢，被剃头的人往往要嘱咐家里人，熬了热茶，烙了油饼，端到现场来，让收了手的剃头人来吃喝。

记忆中，我没少受这样的待遇。便是后来，村里的年轻人爱美，不愿意剃光头，要去城镇上的理发馆剪新式的“洋楼”时，要剃头的人依然不绝如缕，一茬人去了，会有新一茬人顶上来。原因是，务弄庄稼，是最整人、最烦人的活计。而最熬人也最烦人的问题是，务弄庄稼就是与土打交道，土不仅要脏了手脸，脏了衣裳，同样会脏了头发。而长长的“洋楼”类发型，是最招惹尘土的，新鲜着打理几年，到有了把年纪,倒不如刮光了轻松。

前些时候,我有一种返老还童的冲动,回到村里住了一些日子。让我没有想到的是,村里人还记得我善剃头的事。先是一个我叫四叔的人,把我请到他家里去,让家里人给我熬茶烙油饼,然后温热了头发,让我给他剃头。我能拒绝他吗?显然不能。只说自己把手放生疏了,却也不揣生疏,捉了四叔家里的剃头刀,在他家的利逼石上,小心地逼利了剃头刀,来给四叔剃头了。起小练就的功夫哩,放了许多年,竟一点都没丢掉,在四叔的头上刮了一刀子,就赢得了四叔的喝彩,说我还像当年给他剃头一样,手是轻的,刀是柔的,很舒服。四叔还说当年,因为我给他剃头,他帮我家干了不少活儿,收麦种秋,收秋种麦,不用我们家里人请,他瞅空儿,能帮是一定要帮的。我承认,四叔说得一点都不错,那样的情景至今还存放在我的记忆里。在村子里,不仅四叔,还有其他人,都像四叔一样帮过我家干活儿。这之中,最让我难忘的是我们家翻盖房子时,四叔他们一帮村里让我剃过头的人,三天五天地,排了班一样,帮我家没费多少力气,就把一院房立了起来。

四叔记着我善剃头的事,还有四叔一样的村里人也都记着这些事。在我给四叔剃过头后,我便收不住剃头刀,不断地有人喊我去他们家，给我熬茶烙油饼，让我给他们剃头。像过去一样，我为他们剃头，他们会很亲近地把平时不说的话，说给我听了。他们说自己的儿子，说自己的女儿，说自己的生活，我认真地听着，听出了大家的无奈和孤寂，还有伤感和忧虑。我必须承认，他们说的和我看到的一样，村子在老去，他们的儿女，还有孙子和孙女，差不多都离开了村子，打工的打工去了，上学的上学去了，十家院落，竟然有六七家长满了齐人高的蒿草，冷不丁的，就有一两只的野兔，从这一家茂密的蒿草里蹿出来，蹿进另一家的蒿草丛里……问题严重的院落，原来的大瓦房，因为长年无人居住，宽宽展展的屋顶塌下来了，高高大大的墙壁倒下来了，只剩下朝天矗立的木头柱子，和木头做的门窗，耸立在原来的地方，向天问着什么。

天不能应，只有找我给他们剃头的村里人，絮絮叨叨地诉说。我多么想给孤寂的他们、忧伤的他们说些什么，可我找不出要说的话，只能一下一下地，给他们剃着烦恼的、黑白夹杂的头发。

2010 年 12 月 11 日　埃及开罗

高跷腿

结对子扶贫帮困，分给我的对象是一对下岗夫妇，他们都还年轻，四十岁不到的年纪，养着个十来岁的儿子，有自己的小家不住，都住在爹娘的老屋，吃喝就靠老人了。我得了时间，带着单位准备的米、面、油，还有我自己省吃俭用抠掐出来的八百块钱，去了城市北郊的他们家，在我递上米、面、油的时候，下岗的年轻夫妇，没有一个伸手的，都是他们年迈的爹娘来接，可在我从衣服口袋里掏出装钱的信封时，满头都是塑胶卷，花红柳绿地卷绕着头发的下岗妻子，捅了一下下岗的丈夫，下岗丈夫趋前一步，手脚飞快地接过我递上去的信封，连头都没回，从腋下塞给他身后的下岗妻子。

对这样的下岗夫妇以及他们的行为，我是不好说什么的，脸上挂着毫无感情的笑，和他们家的人程序化地拉着家常，很有那么点嘘寒问暖的味道。我问两位老人身体可还好？又问小孩的学习怎么样？还问下岗夫妇找到新的工作没有？我听着他们的回答，眼睛却走神到他们家开着的电视屏幕上。恰在这时，我看见了一个人，一个我熟悉的人。

小时候我们玩在一起，他一条腿长一条腿短，我们戏谑地称他为“高跷腿”。

高跷腿是我乡下家里的邻居。他父母太能生养了，大的还抱在怀里吃奶哩，小的就又怀在肚子里了，就这么不歇气地生育了四个儿子。在他的前头，有三位哥哥，哥哥们全都胖胖壮壮的，既健康，又健全，偏偏是他，得了小儿麻痹，落下了后遗症，使他成了一个瘸腿的人。不过，他虽然瘸腿，却不耽搁淘气，跑起来，就是我们正常人也不一定跑得过他。我们在街头游戏，谁都可以落下，唯独落不了他。到了后来，村子里闹元宵，或者是别的什么集会，要组织惊险迷人的高跷队，我们腿脚相齐的人倒玩不过他。他给自己特制了一副高跷，一根长，一根短，长的高跷踩在他的短腿上，短的高跷踩在他的长腿上，这么一来，倒是很好地解决了他瘸腿的问题，让他的两条腿平衡和谐起来。走在高跷队里，没有一点不适应，反倒是大家都走得小心翼翼，生怕摔了跟头什么的，偏偏是他，走得非常自信，不经意间，还要做出一些高难度的动作来，譬如空翻、劈叉之类的花样，我们村上的高跷队，就只他一个敢做、会做，因此，还吸引了村里一位公认的美女，死活都要嫁给他，做了他知冷知热的好婆娘。

他高跷腿的称谓因此风靡了我们村，大家这么称呼他，他是不以为意的，到最后，村里人把他的真实姓名几乎都要忘记了。

我和高跷腿一起读书，我上大学离开了村子，他却不能。不是他书读得不好，而是因为他的高跷腿。学校政策上的阻碍，把读书不比我差的高跷腿挡在了大学的门外，也自然地挡在了大城市的门外。我为高跷腿伤心不平，他倒没有太伤心。在我离开村子时，他来送我，给我说，他以后有了事，到城里找我，我是要给他准备一口水喝的。我点头应承着他，还说什么一口水，咱俩就睡一个屋，我不嫌你脚臭，你甭嫌我打呼噜。

话是这么说的，做起来并不容易。

我把自己安顿在了西安城，像高跷腿一样，也娶了妻，生了孩子，但混得实在一般，除了能码几堆汉字，换取两个汤饭钱，是没有什么大能耐的。高跷腿却还记着我们当年的承诺,他提着一筐苹果找我来了。在我家里,他说着他的故事,我烧水冲茶给他喝,但没能留他住宿,他自己也坚持不留,拉扯了多半下午的话,到晚饭时,我是想给他做饭吃的,他依然不允许我做,还拉着我去了街市上的大酒店,点了一桌子的酒菜,你敬我,我敬你,吃喝得甚是豪迈。我得承认,残疾了腿脚的高跷腿,他的精神世界一点都不残疾。他发财了,是倒腾苹果发的财,在家乡建了很大的冷藏库,赶着季节把苹果收进冷库,又赶着季节把苹果批发出去。一进一出的,就让他成了我们老家那一带有名的苹果大王。他收苹果时实诚,不拖欠果农的钱,但在质量上又很讲究,不符合质量要求的坚决不收,对来批发他苹果的客户,非常负责任,价钱可以谈,质量是绝不马虎的。他的苹果生意做得顺风顺水,为了本乡本土的果农着想,他要筹建一个果汁加工厂,把苹果中品相不怎么迎人的收起来榨汁,这对果农和他,可又是一笔收入哩。高跷腿信心十足地干着,在西安城订下了设备,拉回家,安装在了厂房里,试车时倒说得过去,但人家的技术人员一撤,情况就不容乐观了。高跷腿找我来,是想让我协调他与果汁设备供应商之间的分歧,把他要办的这个好事办好。

我知道自己的办事能力,但又不能不答应他,硬着头皮替高跷腿跑。跑了几天,没跑出啥眉目,就想起自己在法院的朋友,征求了高跷腿的意见,一纸诉状把果汁设备供应商告上了法庭。法庭的判决下来了,高跷腿胜诉,可在执行时,困难又来了。现在的事太复杂,法院执行难,不只是对高跷腿一个人,他在申请两次后,不对法院抱太大希望了,拉着我在西安城里又吃喝一顿,呵呵乐着,说他是见识过城里人了。还劝我把这件事忘了,没啥大不了的,不就是一台不合格的果汁设备吗?我拆了它,满世界跑,非要弄台合格的果汁设备回来。

高跷腿说到做到，他果然成功地办成了果汁加工厂，招收的工人,像他一样,都是农村里的残疾人。在我的扶贫对象家里,我看见的便是高跷腿事情的报道。省电视台的记者,就站在他的果汁加工厂里采访他,在他的身后,有大汽车出出进进，装载着他的工厂冷藏的苹果和榨取的果汁。省台记者显然做了很好的案头准备,进入采访前,向电视观众先做了一通激情洋溢的介绍,夸赞高跷腿是致富乡邻的企业家,自己富裕起来后,不忘公益事业,几年时间,自掏腰包给村里强化设施,修了一条进村的公路,改造了村小学的教学环境,为村里六十五岁以上的老人设立了一项养老基金……我的眼睛盯着电视屏幕，突然地有些心酸。

我心酸的是一个乡村残疾人，一条腿长，一条腿短，但他的心劲却没有因为腿的残疾而消减，他的心胸更没有因为腿的残疾而收缩。他把自己的生活过好了，又帮助乡里乡亲往富裕的道路上奔，一个健全的人，健全的腿脚走起来都要力不从心的呢！可他做到了，我敬佩高跷腿的同时，把自己的目光从电视屏幕上稍稍挪开了一些，发现我要扶贫帮困的这一家子，他们的眼睛也都盯在电视屏幕上。但我从他们的眼神里看出了一些不相信，这让我有些不愉快，就向他们讲了电视上的高跷腿，是比省台记者更细致、更深情的讲述。

我给我的扶贫帮困对象说了高跷腿后，站起身要走了。走出他们家的楼门，他们跟出来送我，给我说："再来呀。"

我挥了挥手，一句话也没再说。

2010 年 12 月 14 日　埃及卢克索

时髦的草鞋

在重庆的街市上,迎面走来一个挑担的棒棒客是不奇怪的,但我不是在山城重庆,而是在横平竖直的西安街头,要是碰见一个挑担的人,我就不能不奇怪了。

而且是,这个迎面走来的挑担人,挑的不是什么稀罕物,而是一担子的草鞋,我就更加奇怪了。

好奇心拽着我的眼睛,瞅着这位挑着一担草鞋的人。我估摸他该有五十多岁了。腰身有点弯,但不是挑担压弯的,那一担草鞋压不弯他的腰,他之所以腰弯,是由于长期的乡村生活造成的。我还估摸他挑着的草鞋都不大,差不多在三十五码至三十八码。这个尺码的草鞋,他不是自己编来穿的,而是要把它挑在担子上,进城来当作商品,卖给城里的时髦人物穿哩!这个念头,在我的心里刚一冒头,就被生生地压了下去。时髦的城里人,谁会脱下脚上的时髦皮鞋，去穿乡野之间的人穿用的草鞋呢？就说我吧，在乡下讨生活的时候，是穿过草鞋的，不仅自己穿过，而且还亲自动手编过草鞋呢。

多少年了？有三十年了吧，乡村人还是很爱惜有双布鞋穿的。但现实的问题是，有一双布鞋是多么的不易呀！侥幸获得一双布鞋，不是走亲戚或跟集上会，是舍不得穿的。那么，穿什么鞋呢？自然是草鞋了。我们家乡那里，北靠着北山，山上种着草，我们管它叫毛胡子，生得细细瘦瘦，又筋又韧，秋后脱去绿色，就变得又白又柔，是编草鞋的上佳材料。村里人，赶着季节，是都要上到北山去，割回一大捆的毛胡子，来为家里人编草鞋的。

我是编过草鞋的，但一直编得不好。

村上与我年龄相仿的草神仙，是此门手艺的佼佼者。他不仅草鞋编得好，还能用毛胡子编蚂蚱、知了、蝈蝈什么的，编什么像什么，栩栩如生。村里人叫他草神仙，就是因为他的草活儿绝，别人学不来。

前些日子，我回了一次老家，还见到了草神仙，和他拉着话，他问我："城里人穿草鞋吗？"他这一问，把我问得哭笑不得，我拿话呛他说："你还编草鞋吗？"他抬了一下脚说："你看我的脚呀。"这让我有些发窘，感知自己进城工作几十年，把头昂得高了,看不见脚下的事了。为了掩饰自己,我笑话草神仙:“你呀,还能把草鞋穿进坟里去?”草神仙回答说:“我还就要穿着草鞋入土哩。”他这么回答了我后,还说:“我不瞒你,我家的娃子进城打工,给我买了不少鞋,你们城里人爱穿的皮鞋、运动鞋什么的,我都有,但我穿不惯,穿了老捂汗,捂了汗就臭,倒不如我的草鞋好,没有那些毛病。”

我不能说草神仙的话说得不对,但也不能赞成他,就和他拱了拱手,自个儿在村子里转悠。我转悠了大半晌,在又一次转到草神仙的家门口时,发现他在门道里编草鞋。我只瞥了他一眼,没想再和他说什么,他倒非常热情,丢下手里编了个大概的草鞋,把他身边毛胡子草编的一双草鞋提了来,塞到我的手里,说是他刚给我编的。他不忘我当年因草鞋编得不好向他虚心求教的事。把草鞋塞给我后,他还说这双草鞋是我特意编给你的,你知道,当年你可没少问我编草鞋的秘密。编草鞋嘛,能有啥秘密呢?只要用心,就能编好。

嘿!草神仙这话说的呀,可是大实话。我当年在村里,啥时候把心往编草鞋上用过?我是咬了牙,把心都用在读书上了。

我谢过了草神仙,提着他给我编的草鞋走了。我走出了很远,还能听见他给我说:“过些日子,我要挑担草鞋进城哩。”

在西安街头，迎面走来担草鞋的人会是草神仙吗？我们走得越来越近，我仔细地辨认着，这个不吆喝，也不左顾右盼，稳稳当当走在大街上的人，不是我熟悉的草神仙。

他是谁呢？遇到了红灯就停，遇到了绿灯就走，他走得不急不缓，不紧不慢，胜似闲庭信步。我知道，一担子的草鞋，分量不会很重，他挑在肩上，如此从容地走着，像极了舞台上出色的演员，那样的淡定自若，那样的本色悠然，换个人，装都装不出来。

我为担草鞋的人不是草神仙遗憾，与他擦肩而过后，我忍不住回头去看他。正是这一看，让我情难自禁地追着他而去，因为，担草鞋的人被两个身穿城管制服的人拦了下来，要罚他的款。这是什么道理呢？尽管他挑着一担草鞋，走在越来越现代化的西安，与这个城市不甚协调，但也不怎么影响观瞻呀！至于要罚人家的款？我撵过去，是想说服城管人员，不要毫无理由地乱罚款。但我的说辞对于城管人员一点作用都没有。好在西安的大街上，不乏好看热闹的人，也不乏好管闲事的人，在我与城管为担草鞋的人争辩时，呼啦啦围上来一圈人。其中有些穿着时髦的人，掏出自己的腰包，往挑着草鞋的人手里塞钱，塞罢了，从他的草鞋担子里抽双自己看好的草鞋，当街脱下脚上的皮鞋，把草鞋换上，兴奋得直说时髦。

受了时髦人物的影响，围上来看热闹的人，有许多照着时髦人物的样子做，使得挑着草鞋的人手里的纸票子不断增加，他担子上的草鞋不断减少。我怕下手晚没了草鞋，就也抢似的给担草鞋的人手里塞上钱，也从他的草鞋担子里取了一双草鞋。两名城管岂敢惹众怒，他俩悄悄退到一边，看着众人把脊背有些驼的那个挑着草鞋进城人的草鞋瓜分殆尽。他俩糊涂了，不知这是为了什么，呆呆地发着傻。

我把买到手的草鞋拿回了家，我上高中的女儿回来了，她把沉重得有些夸张的书包往客厅沙发上一扔，就看见了摆在客厅墙角的草鞋。她像发现了新大陆一样，雀跃着奔了过去，甩掉她脚上的鞋子，把草鞋穿起来，快活地在客厅里走着圈子。我见女儿高兴，就给她说，我像她那个年纪的时候，是经常穿草鞋的。我的女儿听了，有点不相信似的盯着我看。

女儿看我不像说假话，就说："可真时髦呀！爸爸你……时髦。"

2010 年 12 月 15 日　土耳其　伊斯坦布尔

在鸡鸣声里醒来

小堡子里说一个人老了的时候，不说这个人老，而是说他走进“爱钱怕死没瞌睡”的年纪了。不想隐瞒自己，我生活在大堡子里，这些年口袋里爱装钱了，做梦脚指头痛，天明爬起来就往医院跑，更要命的是，睡觉成了一个问题，躺在沙发上看电视，专捡那些很烂很烂的电视剧看，看着看着两眼发涩有了些睡意，我闭眼睡着，但是不能关电视，就让电视剧那么不咸不淡地烂着，我会睡得很好，踏踏实实地，不做梦地睡一觉。可要是家里人把电视关了，这一关，把我的瞌睡一扫而空，睁开眼睛就甭想再睡着。

我把我的这一情况说给朋友听，居然有和我一样的人，依赖着电视里烂俗的电视剧睡觉。为此，我真的要感谢那些一部一部被制作出来卖到电视台播放的烂电视剧了。

把话往白里说，所谓的哲学，所谓的宗教，还有政治说教什么的，其作用和目的都是为了什么呢？我的理解很单纯，就是想要把人哄得能睡着，如果不能把人哄睡着了，结果不难想象，大家睁着红红的眼睛，东张西望，最后非出问题不可。

把人能哄睡着，是人类诞生以来，一直在解决，却一直都没能解决好的问题。我们小堡子人把这一问题归咎于年龄，年龄老的人瞌睡少，睡不着。此说是有道理的，但我不敢完全苟同，譬如我，在大堡子的西安睡不着觉，而一旦回到小堡子，我一定会睡得很踏实，很过瘾。打春的日子，我回到小堡子，晚上吃了大嫂给我烧的汤，说了一阵话，没看电视便瞌睡得一下一下点着头直拜佛，大嫂就安排我在一盘热热烫烫的土炕上睡着了。

我睡得可是踏实呢，我不做梦。如果不是右邻猪经纪三成家的公鸡打鸣，或者不起来小便会睡到大天亮。可是三成家的大红公鸡叫起来了，喔喔喔，喔喔喔——按时按点地于四更天啼叫了起来。

城乡差别于此是最为典型的呢。在大堡子，把人从睡眠中叫醒来的，大多时候是飞驰在街上的汽车。制造废气、污染环境的汽车，既是城市文明的一个标志，也是城市文明的一大祸害，城市因为汽车，就别想让人睡得好、吃得好。而小堡子的乡村，公鸡的啼鸣是把人叫醒的最可爱的声音，像天籁一般自然、环保。为此，我想东拉西扯一个段子出来，让大家开一开笑口了。

这个段子是我晚上睡觉前，右邻的猪经纪三成过来找我闲说出来的。他说菊村西街你是知道的，前些天出了个车祸，是县长的车轱辘惹的事，把西街一只大红公鸡轧死了。轧死的只是一只鸡，又不是人，县长没当一回事，下车来看了看，让司机从车轱辘下把轧得血刺呼啦的大红公鸡拽出来，往路边一撂，就想驾驶小车离开。恰在这时，有个穿戴邋遢的小伙儿来了，他一见死在地上的大红公鸡，当下便流出一串泪来，大声质问是谁害了他的鸡。县长无可奈何，从身上摸出二十块钱，让司机给流泪的小伙儿，言说是赔偿他的鸡钱。二十块钱到了手，小伙儿没把眼泪憋回去，却流得更多了，像是串了线的珠子一般，一股一股地在他脏兮兮的脸上流着，嘴上喃喃地轻唤着，鸡呀，我的鸡，可怜的鸡……菊村西街是啥地方嘛，一个方圆百里有名的大镇子，片刻的工夫就围上来一圈一圈的人，七嘴八舌，说啥的都有。县长不敢在人圈里久停，他想钻出来走掉，有位鬓发斑白的老者堵在了他面前，和颜悦色地问："你是咱们的县长吧？"县长忙不迭地向老者点头。老者笑了，转脸批评起小伙儿来,说你要疯了吗？没见过钱？啊,你不看轧死你大红公鸡的人是谁？是咱县大老爷哩,你知道吗？赔啥嘛赔,快把钱退给咱县长。老者的话让县长的脸上浮出一层喜色，可这喜色刚爬上脸没多会儿就又消褪得没了踪影，是随着老者接下来的话褪去的。老者说一只大红公鸡不值几个钱,但这只公鸡对菊村西街可是不能少的,全村多少只母鸡呀？都守着这只大红公鸡,大红公鸡有个三长两短，村里的母鸡就都成了“寡鸡”,下的蛋就敷不出小鸡,没有鸡仔,村里的鸡就可能绝种。这是真正的土鸡呢,现如今可是不好找了。关键还不在这里,全村人都靠这只大红公鸡报时过日子,特别是村长村支书,鸡叫头遍时,村长村支书不管在哪儿喝酒,有大红公鸡打鸣提醒,他们会放下酒杯走人;鸡叫二遍时,村长村支书不管手气好不好,有大红公鸡提醒,他们会推倒牌走人;鸡叫三遍时,村长村支书不管在谁炕上,有大红公鸡提醒,他们会掀开身上的热被子穿衣走人……大红公鸡是村长村支书的提示钟。到了鸡叫四遍时,村里的女人都知道要爬起来生火烧饭;再到鸡叫五遍时,村里上学的娃娃会爬起来,吃了家里的饭去上学。这下好了,大红公鸡死了,菊村西街的人可咋过日子呀？我想了,咱的大红公鸡好像还没咽气,咱就抓紧时间抢救鸡,到县医院去，给大红公鸡先做个B超，能抢救过来就成，抢救不过来再给做个CT。总之，菊村西街少了谁都成，还真就是不能少了这只大红公鸡。

三成的段子太逗了，把我听得笑了，笑得几乎岔过气去。

这就是我熟悉的猪经纪三成了。他现在是这样好笑，而过去似乎更加幽默顽皮。从来都不会俯首听命于他人。就在全国“工业学大庆，农业学大寨”的日子，小堡子里除了他，大家都一样，把东山的日头扛在背上，一直扛到日头在西山落了坡，没人敢不这么死心塌地地，就他一个人例外，偏与当时的形势拧着干，不出工，不下地，撵着菊村街三六九日的大集去了，撵着法门寺二五八日的大集去了，撵着天头镇一四七日的大集去了，今日从菊村街买来两头克郎猪，明日去法门寺倒掉，接着又在法门寺买两头克郎猪，跟着又去天头镇倒掉，他贱买贵卖，从中渔利，是小堡子生活得最为洒脱浪漫的一个人。

自然了，猪经纪三成四处浪荡，让他成了我们小堡子最有经见、最有故事的一个人。他在小堡子难见踪影，一有踪影出现，前三后四，围上来的净是那些满眼好奇的半大小子。半大小子缠着他，是要他讲故事的，讲一个不行，还要讲两个、讲三个……所以说，他是小堡子最受碎娃家欢迎的人。

碎娃家欢迎他，不等于小堡子的大人也欢迎他，像当时的村支部书记他们，逮不住猪经纪三成算他走运，逮住了就一定没他的好果子吃，罚钱是轻的，开他的批斗会，给他戴牛笼嘴糊的高帽子，让他手提一只烂铁盆，一路敲着游街，还要高腔大嗓地控诉自己，说自己投机倒把，是猪贩子、猪游游……这时候的他，是极乖觉的，非常地配合村支部书记他们的行动，不折不扣，像是过年耍社火一样，在小堡子的大街上，游得兴高采烈。他在前头游，跟在后边的半大小子，一群一伙的；他控诉一声自己，半大小子呼应着，也要喊一嗓子。

“我是猪贩子。”三成敲一下烂铁盆喊一声。

“我是猪贩子。”半大小子没有烂铁盆敲，就都拍着巴掌应。

“我是猪游游。”三成继续着他的自我控诉。

“我是猪游游。”半大小子继续拍着巴掌应。

三成游到的地方，不断有小堡子的人走过来，把嘴凑到他的耳朵边，给他认真地叮咛，我家槽上没猪了，麻烦你下一集去猪市场，给我捉一头回来。

小堡子人需要猪经纪三成，不管他自我控诉时把自己糟践成“猪贩子”“猪游游”，大家不改他的正式职业猪经纪和正经的名字三成。正因为此，他对大家的嘱托都很上心，谁俯耳嘱托他捉一头猪回来，他是绝不推诿的，肯定会完成嘱托人的任务，给他把猪换回来。奇怪的是，只要是他捉回来的猪胃口就好，肯吃长膘快，换了别人还就是不行。因此，村支部书记一帮人批斗三成，让三成游街，斗过了，游过了，他照样不出工、不下地，照样菊村街、法门寺、天头镇转着圈子跑，在猪的世界里大展身手，让自己活得依然洒脱、依然浪漫。

就是这么一个洒脱浪漫的人，在婚姻问题上却颇不顺。经过父母之命以及媒妁之言，猪经纪三成是说了一个姑娘的，见了面，下了彩礼，计划着要结婚了，三成母亲的肚子里结了一个疙瘩（今天说来就是癌症），总是吃不进饭，后来连汤水都灌不进去了，吃药打针的，折腾了三个多月的时间，把他母亲折腾得瘦成了一张皮，嘴里还念叨着我要看着我娃的媳妇进门来。然而却永远地看不到了，老人家带着无限的遗憾，去了另一个世界……新丧怎么能要媳妇呢？不能。拖了一年多的时间，重新准备，重新提说给三成要媳妇了，他的爹却又赶着点儿出了问题，去生产队的大田里挖崖平地，丈七八的高崖塌下来，把他爹埋了个严实，在场的人，七手八脚地把他爹从土里刨出来，只见他的嘴里、鼻孔里和耳朵眼里全都塞满了土，一句话没给三成留下就跟着他的老伴儿走了……这以后，别说女方悔婚不嫁了，三成自己也没了娶那家姑娘的心，小堡子里风言风语，说那姑娘命硬，自己还没进门，就先把家里的两个老人克死了。

风言风语往三成的耳朵里钻，自然也要钻进人家姑娘的耳朵。那姑娘的性子烈，把三成家下的彩礼、送的衣物，卷吧卷吧收拾起一个大包袱，托媒人往三成家里一还，从此互不见面，各奔了东西。

三成懒于农业劳动，不爱出工，不爱下地，也许与他老爹的死不无关系，他泡在了菊村街、法门寺和天头镇的猪市上，练着自己的眼光，填着自己的肚子，日子过得倒挺滋润，但就因为当时的形势，他落得了一个不好的名声。有人给他操心说媳妇，先说他手头活泛，女方会眉开眼笑；再说一进门就当家做主，女方更会眼笑心欢；但一说他不出工、不下地，只在猪市上混，眉开眼笑、眼笑心欢的人儿会立马拉下脸子，说他们可不想闻着猪臭味过日子。

猪经纪三成的婚姻大事被拖了下来，拖到我从小堡子走出来，进了大堡子，有人来大堡子瞧病，找了我，和我拉话时说起了猪经纪三成。那时已改革开放，农村实行了家庭联产承包责任制，三成把承包在他名下的土地荒着，依然故我地在菊村街、法门寺、天头镇的猪市里泡着。他这时泡在猪市上，没人抓他批斗，也没人逮他游街，但他把地荒着，还是不被小堡子人所看重，以为他就是个不务正业的二流子。小堡子人眼里看他不起，心里却是嫉妒他的，他不翻地，不种庄稼，腰包却比谁的都鼓，比谁都吃得好、穿得好，这便引来了媒人，踏破铁鞋地给他说着女人，这其中就有邻村一个姑娘，比他小了十二岁，答应和他见面、嫁给他。

锅底里等肉？还是天上掉馅饼？这么好的事让猪经纪三成逮住了。在媒人的撮合下，三成和那姑娘见面了。不能说这姑娘像天宫里的七仙女一样漂亮，但也绝对齐整大方、有模有样、高高挑挑，把三成看得很是自惭形秽，他只是看了姑娘一眼，心就跳得能从嘴里爬出来。三成怕人家姑娘看不上他，结果出人意料的顺利，姑娘没有不同意见，她借媒人的口传话，意思是“年龄不是问题，身高不是距离”。

好了，猪经纪三成就等着置家具、下彩礼，娶得美人归了。可问题跟脚摆在了他的面前，见面后要分离，说了好几遍回头见，高挑个子的姑娘却不转身走，搓着自己的手，又在她的衣角上搓搓捏捏……三成心里暗喜，姑娘和他见了一面，就这么难舍难分，实在是他们的缘分呢。三成在心里下决心，日后圆了房，他是一定要好好地疼爱姑娘的。三成美美地想着，媒人转来传话了，说是姑娘要见面礼哩。嗨！三成的手伸进了他的衣兜里，摸着他刚从猪市赚来的三百块钱，掏出来往媒人的手里递，媒人躲开了，说你拿得出来？猪经纪三成愣了一下，三百块不少了呀！见个面嘛，还能给个山的情、海的礼不成？敢情漂亮的姑娘不是找婆家，而是在找钱罐罐！

三成把三百块钱又装回了他的口袋里。他往口袋里装钱的刹那，发现姑娘的眼睛直直盯着他的口袋，那眼神仿佛伸出来的一只铁钩子，要把口袋扯破似的。猪经纪三成笑了，他把钱装进口袋，没有再往外掏钱，却在口袋上拍了拍，二话没说，转身就走了。媒人赶了两步，喊了两声，三成没有回头，也没有回话。

过了一些日子，别人埋怨他把那么好的一桩婚姻拿脚踢开了，怀疑他要打一辈子光棍时，猪经纪三成却仍在法门寺的猪市上混。那天，猪市散了，他揣着从猪市上赚的五百块钱，转到法门寺街头一家卖羊肉泡馍的饭馆门口，打算进去叫一份羊肉泡馍来吃，却见羊肉泡馍馆的门前，坐着个年轻的女娃，她的怀里，斜抱着个年纪很老的大娘。大娘的脸色惨白惨白，显见是身上有病。猪经纪三成挤进去看时，正有围观的人议论，说什么现在人太会骗钱了，什么花样都使得出来，弄个老人出来，拥在怀里让人可怜，这也太把老人不当人了。议论声往三成的耳朵里钻，他听了却很不舒服，是为议论不舒服？还是为拥着大娘一副不能放声大哭，两行清泪汩汩流淌的年轻姑娘不舒服？三成糊涂了，糊涂了的他把身上刚赚回来的钱全掏出来，放在姑娘身边的一个破草帽里，二话没说，从人群里走出来，走进了羊肉泡馍馆叫了一份羊肉泡馍，热烫烫地送到嘴边，却没吃一口，端起来走到门外，送给了拥着大娘依然坐在原地的年轻姑娘。那姑娘似乎认识他，接过羊肉泡馍，忽闪着泪汪汪的眼睛问了三成一声："你是小堡子的猪经纪？"三成点了点头，接下来又做了件让他自己都觉得匪夷所思的事。他把口袋里作为本钱的一卷钱也掏了出来，放进姑娘身边的破草帽里，伸手招来一辆人称"大皮鞋"的出租车，帮助姑娘抱着她怀里的大娘坐上去，让"大皮鞋"司机帮忙，把姑娘和她怀里的大娘一并送到法门寺当街的地段医院。

猪经纪三成的习惯就是这样，在衣裳内衬里边，缝了两个口袋，一个口袋装他倒买倒卖克郎猪的本钱，一个口袋装他倒买倒卖克郎猪的利钱，他把两份钱都给了年轻姑娘，算下来该有近千元了吧。这件事他做得大方，做过了，不后悔是装出来的，他事后一直在心里悔着，想要把他散出去的钱捞回来，就更殷勤地在菊村街、法门寺和天头镇的猪市里倒腾着。这么过了一些天，他一次从猪市上回到小堡子的家里来，竟见他家门口坐着年轻姑娘和她那天拥在怀里的大娘，此外还有村里的一些人，围着年轻姑娘和大娘，热情地与她们拉着话。

姑娘这天穿得可是鲜亮呢，一件大花格子的上衣，一件黑色的涤纶裤，都是十成新的样子，使她看上去要多好看有多好看……三成回来，村里围着姑娘的人全都把脸转过来，兴高采烈地祝贺他说："你赶紧把大门打开，把你的新媳妇和丈母娘接回家。"

成家立业这么大的事，就这么蹊跷、这么意料之外地解决了。

成了家的猪经纪三成，还是追着小堡子周边的猪市，倒腾着克郎猪，他年轻漂亮的媳妇和慈爱的丈母娘守在家里，又是喂猪，又是养鸡，还把承包到户的责任田也种了起来，他们家的日子，像吹一只彩色气球似的，一下子就红火壮大了起来。

我是梦都不做地在大嫂家的热炕上沉睡着，倏忽被猪经纪三成的大红公鸡叫醒过来，想着他的大半生，就有一种冰火两重天的感慨生发出来。进而想到他媳妇养着的那只大红公鸡，在暗夜里不由得窃而笑之。我怀疑这是小堡子里唯一的一只公鸡，如不然，在它啼叫过后，全村的公鸡怎会都跟着来一场大合唱？我在小堡子的时候，是很熟悉那样的情景的，而且依旧受用，仿佛公鸡在夜里的啼鸣，就是对人的一种安慰，它啼鸣得声势越大，人们睡得就越安心、越踏实。自然，它从三更起啼鸣，一次一次地，啼鸣到五更的时候，小堡子和小堡子的人，都会从公鸡嘹亮的啼鸣声里醒来，开始新一天的劳作和生活。

猪经纪三成的大红公鸡啊！我不知该怎么说它，好像是，我对它怀着好感，它却一点都不领我的情，从我大年初二回到小堡子，与它在大嫂家见了面，它就和我作上了对，好像我是它在这个世界上的大仇家一样，左看我不顺眼，右看我不顺眼，还明目张胆地向我发起攻击。我的大嫂吆喝它，它都不听，依然抖擞着精神，勇武豪迈地飞腾着，向我一遍一遍地挑战……三成年轻漂亮的媳妇听到了动静，从隔壁院子赶出来，呵斥着大红公鸡，这才使它收起自己的尖喙和利爪，乖乖地顺着墙根走了。

我是个不记仇的人，何况是对只大红公鸡，当我躺下睡觉后，把与大红公鸡发生的不愉快全都撂到了身后。它要赶着点儿鸣叫，那是它的职责，它不会顾虑人睡觉没有。它该啼叫时，绝不会闭口不叫；很守职地啼叫着，或者使人睡得更踏实，或者把人从觉中唤醒过来。

2011 年 3 月 11 日　西安曲江

鲜花与麻辣烫

离家不远，是一排破墙（砸掉旧的围墙）所开的小店，上班下班，都要路过。有洗衣店、杂货店、小吃店、小药店和一些美容美发厅，琳琅满目，煞是热闹。情人节，路过那一排小店时突然眼前一亮，发现那些非常世俗的小店之中，开了一家雅致的花店。凝目望去，发现一个身材小巧的女子在花店中忙碌着，我想她该是花店的老板娘吧。

穿着格子衣裙的小老板娘也就二十岁出头吧，从她侍弄花枝的动作，发现她很有些小家碧玉的味道。她好像注意到了我的凝视，停下手中的活儿，回头朝我甜甜地笑着，说出的话也透着甜甜的味道。她微启朱唇，问我情人节了是否要给嫂子买一束玫瑰？不瞒你说，和妻子结婚十数载，还从来没有送过她一枝玫瑰花呢。在小老板娘的指引下，在今年的这个情人节，我不由自主地掏出钱来，为我的爱妻买了一束香水玫瑰。

回到家，妻了接过玫瑰，眼里满是疑惑。我告诉妻子，那排小店中间开了一家花店，路过看着新鲜，就为妻子买了一束。妻子捧着香水玫瑰，心里是欢喜的，可嘴上却说："该不是花店的老板娘让你动了心，面子上掏钱给我买玫瑰，实际上支持她的生意哩。"

我没有驳斥妻子的猜想，甚至为妻子的猜想感到惊讶。我之所以买回一束玫瑰，的确是受了老板娘的鼓励，也确实是支持了她的生意。而这样的支持，在以后的日子里，经常地发生。她的花店里进了新鲜的康乃馨、波斯菊、马蹄莲什么的，我买回来换插在客厅的花瓶里，使我们家的色彩丰富起来，终日都能感受到鲜花的馨香。

朋友的儿子要结婚了，想着应该送上一份礼的，从橱柜里翻出一套精美的瓷器，却发现包装已很陈旧了，妻子听了后，欲找到一家可以换个包装的地方，找了半天，却未能觅得一家。我灵机一动，何不去那家花店试试呢？这一试，问题便迎刃而解。花店的小老板娘接过瓷器，翻着看了看，就拿出一沓淡雅闪光的包装纸，认真地包装起来。瓷器活儿讲究个细心，干了一会儿，老板娘的粉脸上竟沁出汗水点点。妻子过意不去，有话无话地与她搭讪。老板娘一边巧手做着漂亮的蝴蝶结，一边告诉妻子花店的生意不好做,想换换手。

说话间,活儿干完了。妻子是满意的,给老板娘费用,却被老板娘挡了回来,说她受了我们很多照顾,这点小事,就算酬宾了。说着就把我和妻子送出了店门。

果真如老板娘所说,来日再从门前过,便看不见那家温馨的花店了,让人不免生出些许叹息,觉得这排小店顿失了一种难能可贵的韵味。

又过了一些时日,我与妻子傍晚散步,发现小老板娘的小店又开张了，远远地能嗅到一股泛着油烟味的辛辣，一大堆人聚在小店内外,各自守着一口铁锅,在翻滚着的浓汤里涮着一串串的荤菜和素菜。而小老板娘的装饰也大为变样,腰上挂着个油渍渍的围裙,正高腔大嗓地招呼食客用餐。在她的旁边,多了一个像她一般年纪的小伙儿,趿拉着一双难辨颜色的拖鞋,听从着小老板娘的指挥,从一个塑料桶里,一勺一勺地舀出红油辣汤,向一口一口铁锅里添加。他会是小老板娘的什么人呢?男朋友吗?有点像……围在锅边的人群,像饿了多日的馋鬼,你一串肉菜,他一串素菜,抢似的从老板娘的手上接过来,立即就氽进了辣汤滚滚的铁锅里烫着吃了……

小老板娘关了花店,开了个麻辣烫的店。

我和妻子在一边瞧着,心里觉得不是个滋味,为小老板娘的转行而不解,惋惜雅致美艳的花店,怎么就抵不过一个烟熏火燎的麻辣烫店呢!

忙碌着的小老板娘突然发现了我们,招呼我们也烫几串,而我和妻子拒绝了,之后从这个麻辣烫的小店门口经过,发现生意真是不错呢,来迟了的客人,还要等在一边,等着翻台哩!

2003 年 12 月 8 日晚　西安后村

一颗饱满晶亮的牙齿

初生的儿童,都会长出一嘴乳牙,一旦断了乳,渐渐地又都会脱落,生出一嘴的老牙。西府人的传统,孩子换下来的乳牙,父母是不作兴乱扔的。一颗一颗地收集起来,到孩儿长大成了婚,便要郑重其事地还给自己的孩子,直到老死,与自己的肉体一起埋掉。

在我收集乳牙的布囊里,有一颗特别大的、饱满晶亮的牙齿。医生说,这是一颗智齿,没用的,还惹事,就给我拔掉了。

记得非常清楚,给我拔牙的医生很年轻,当我心惊肉跳地坐在口腔手术专用椅上时,他还虔诚地向一位头发花白的老医生请教问题。他那认真的工作态度,和他的求知精神,使我微微颤抖的肌肉平静了许多。他的动作轻灵准确,麻药针扎进牙肉里,即刻感到凉津津的药液扩散开来,一会儿，半边脸便没了知觉。我用手使劲掐了一下腮帮，仍然没有什么感觉。我僵硬地张开大嘴，任由年轻的医生动手术。

年轻医生说话了，声音轻轻的、柔柔的，告诉我先要在牙肉上切一个小口。随即我便听到了割纸一般的响声，咂摸咂摸嘴巴，没有什么感觉，吱吱的声响，割肉切皮这么轻松，让我日后想起，还是非常感激这位年轻医生的。随后，就迎来锤敲、钳子扭的大动作，举起的铁锤落下的一瞬间，我的眼睛闭上了……铿锵声中，我的意识里，年轻的医生成了一个孔武有力的铁匠，又是锤子敲，又是钳子扭，对付的却是生长在柔软牙肉上的一颗多余的牙齿。我的思维便跑远了，想着下辈子托生成人，也做个医生，研究出一套科学的办法，取代这种原始拔牙手段，让患者尽享治疗的温柔。

终于，牙被拔出来了。

接着就是“穿针引线”。我感觉得到一根弯弯的织针，在我的嘴里游走着，牵着一根细细的线条，很有章程地飘来荡去。感觉医生还使用了两次剪刀，每一次都会把打成一个结的线剪断。这就是说，医生在我的牙肉上缝了两针。他的针线功夫好吗？会不会像个心灵手巧的绣花女，在我柔嫩红润的牙肉上绣出两朵不错的花儿来？

年轻医生的声音还是那么的轻柔。

他说:“好了。”

他像征求意见似的说:“感觉怎么样?”

我只是觉得嘴里还是麻,说不出话来,旁边的医生却夸他手术好,牙齿拔得利索,线结打得漂亮。我相信其他医生的赞美,于是对年轻医生感激地笑了笑。

年轻医生端来一个白色瓷盘,里面放着被拔出的那颗牙齿,牙根处鲜血淋淋。年轻医生看出我的异样,取来一团棉纱,把牙齿上的血污擦净了,送给我做个留念。当时我就想起儿时的乳牙,如今父母已交还给了我。把这一颗拔下来的叫作智齿收藏进去,会是一个什么样的景象呢?

因为缝了针,因为麻药的劲过了,拔了牙的地方疼了起来。不管这颗智齿有用没用,我原来是不想拔的。可它没用不说,还老是兴妖作怪,时常搞得牙神经痛,而疼痛起来没完没了,最后才下了决心,坚决地到医院拔掉了。疼就疼吧,忍了两天,肿起来的牙肉和下颌骨处明显地消了下去,再过两天,又去医院拆了线,嘴里的疼痛顿时隐去,便自然地感觉到一身的轻松。

找到收藏乳牙的布囊,把其中的牙齿倒出来,与新拔的智齿放在一起,我的眼睛即刻睁大了,原来的乳牙,一颗一颗的又黄又小,而这颗费了力气拔出来的智齿却出奇的好看,肥大饱满,光洁如玉,透着一股珍贵的瓷的光彩。

我简直要被这颗智齿惊呆了。感叹美好的东西,怎么就成了多余的!

2003 年 12 月 9 日晚　西安后村

人活一口气

曾经亲历过一件事。1976年8月17日，在扶风县城工作的我，搭乘一辆班车回北山脚下的村子。能坐三十多个人的班车，却挤进了六十多个人。车行到法门寺南的一处缓坡上，前头有一个转弯，车滑着，迎面来了一个骑自行车的妇女，车后座上还带着一个孩子。我刚好坐在司机旁边的座位上，瞬间发生的事情，看得十分真切，如果司机不打一把方向盘，滑行中的班车冲上去，自行车上的母子必定成车轮下的怨鬼。我惊得大喊了一声，就在我大喊时，司机本能地打了一把方向盘。自行车上的母子安然无恙，满车的乘客却随着班车翻下一个三米深的土壕。原来在地上转动的四只轮子，这时翻到了上方，依然风一样地转动着。惊魂甫定，我才知晓，在车翻下土壕的一刻，我从窗口出来，车翻过去，我落下来，不偏不倚地蹲在了四轮之间，而我买的两只大西瓜还提在我的手上，如我一样，没有一点损伤。

窝在车厢里的乘客，不是断了胳膊，就是断了腿，没有谁能幸免。抢救的时候，我也参与进去，抬出一个断了肋骨的汉子，他认出了我，我也认出了他，是我小学时的教导主任。

教导主任讪笑着说："你真幸运！"

我说："主要是一口气。"

谁不相信，可以做个实验，不是瞬间的那一口气顶着，是绝对做不到从车窗翻出去，又在空中腾跃还能免去受伤的。当然，这样的事没法试，也不能试。

可以进一步证明的是，听同事讲，一家储蓄所突然起火，开始还水浇拖把打，火却越燃越大，顷刻充满了整个空间，大家拼命往外逃。女出纳是最后逃出的，先逃出的人都大喊着她的名字，看着她也从火海里逃了出来，大家惊呆了，女出纳的怀里，抱着储蓄所存钱的保险箱。

平时四个大男人抬的生铁保险箱，她怎么就一个人抱出来了？出纳成了火海英雄。事后，她试着再抱那个保险箱，别说抱起来，让她推都推不动。女出纳给人说，当时就凭着一口气。

有人就总结了，情急之中，人所焕发出的那一口气，能量是巨大的，不是平常所能比的，其根本前提是：人活一口气。

不仅是人，草木也一样。到山东的绎山游览，发现那一块块大石叠加起来的山势，甚是奇特，而更奇特的还是那许多的山上松，高高大大的，蓬蓬勃勃的，都长在石头上。在这个非常的环境里，松树不仅把根扎进重锤钢钎都难穿透的石头里，而且树干也坚强地穿石而生，使一块块的石头支撑起来，紧紧地抱着树活。

辽阔浩瀚的大海，在非常时刻同样会出现让人匪夷所思的景观。赶海的人都知道，风、潮和涌，拧成一股合力时，就会沧海倒竖，几十米深的海水陡然见底。

草木有生命，海洋也有生命，一切有生命的东西都在于那一口气的激励和鼓荡。人不激不奋，水不激不活，就是这个道理。关键就在自己了。要想成事，必须鼓起那一口气，坚持不懈地努力，冲破原来的规律和思维，有什么事做不出来，有什么事做不成功？

请将不如激将，所激的就是那一口气。人发现自己不行了，才肯往上使劲。百请不到，不如干脆地说根本不行，请谁也不请你了，用谁也不用你了。结果倒受刺激了，不请自来，干得比谁都好。

这就是古人所说的“破釜沉舟”。已经输了，输得没有谁看得起了，焉能不鼓起这一口气，来个鱼死网破的胜利呢！

自我调动起来，把自己逼到绝境，用灭顶的大水浇灌，用炽热的火焰烧灼，不拒绝来自任何方面的挑战，包括苦难与屈辱，让心接受非人的刺激。每个人都有潜力，生命待焕发，把那一口气释放出来，一定会拥有无限灿烂的彩虹。

有人狂奔

人最无羁的时候，是在狂奔时。

当然，一路狂奔，会让边上看着的人不理解，甚至讥笑，就像我偶然读到的那首诗说的一样，诗的名字不记得了，还算不错的诗句却深刻地记在心里：大雨说来就来/我骑着车子在雨中狂奔/跑过广场跑过大街又跑过一棵大树/路边屋檐下的人/冲着我笑/还大声地说瞧吧那个落汤鸡/雨水模糊了我双眼/我似乎产生了幻觉/哪年哪月哪日/我还曾有过这样的狂奔。

狂奔着的人，和狂奔着的其他动物，其动机也许只有一个，就是超越自己。

虽然我未能身临其境地到非洲大草原上去看斑马狂奔，也未能到蒙古草原去看野羊的狂奔，但现代化的摄影技术，配合画面效果不错的电视机，坐在家里就能大饱眼福地看到斑马和野羊一群群地狂奔。就在动笔写这篇短文前，我在电视屏幕上又看到了蒙古野羊狂奔的镜头。一辆吉普车在草原上轰鸣着前行，车上装载着一架摄像机，摄影师对着还在蒙古草原上静静地吃着青草的野羊拍摄时，突然，野羊便奔跑起来了，数百只野羊，如离弦的箭镞，没命地向前飞奔。起初，还以为野羊飞奔是为了躲避汽车，但很快我就意识到猜测错了，电视画面明白地告诉我，野羊是在和汽车赛跑，像一阵风刮过，野羊超越了拍摄它们的吉普车，向前已跑出很远了，突然地折回来，迎着吉普车追来的方向狂奔起来。有个电视特写镜头，是野羊狂奔中的眼睛，那双双眼睛，透露出一种特殊的庆幸和欢乐。

是什么激起了野羊的欢乐呢？会不会像人一样，都有一团幽禁在胸中的烈火，千方百计地寻找着机会，突然地燃烧起来，纵情地释放着亢奋，纵情地宣泄着激情，用四蹄奔跑起来，奔跑出一种风景，一种精神？

狂奔的瞬间，使人感受到了生命本源的冲动，体会到了生命本源中神秘的喜悦。

然而有一种狂奔，却让人大惑不解。

那一日傍黑，我上街去购物，闹市区里人山人海，摩肩接踵，匆忙的脚步声里，时而会有一两声小贩的叫卖，这是大家所习惯的。夜色渐浓的时候,不远处传来一声巨大的爆裂声,震惊了闹市上的人群,大家都有一瞬间的迟疑,不知道那声爆裂是怎么回事。正迟疑时,有人奔跑起来了,好像大难临头的样子,慌慌张张地往前狂奔。

一个人的狂奔, 一下子使身边的几个人感到振奋,跟着一起狂奔起来,这几个人,又激发起更多的人参与到狂奔的队伍。仅仅几秒钟的时间,奔跑的信息迅速传染给了闹市上所有的人,大家都莫名地兴奋起来,跟着狂奔者的脚步狂奔起来。

我亦不能例外,虽然不知道为什么狂奔。是因为那声爆裂吗? 是什么东西爆裂了? 不知道。有人狂奔,大家都跟着狂奔,不需要追究原因,不需要追究理由。大家狂风一样向前奔跑,裹在其中的人,也不能不跑了。不跑就可能挡了奔跑者的路,被奔跑者撞倒在地,还可能被千脚万脚踩踏,甚至丧失生命。所以就只有跟着狂奔了。

有人把鞋子跑丢了,大喊着“我的鞋子,我的鞋子”。

有人把帽子跑丢了,大喊着“我的帽子,我的帽子”。

有人就问:“跑什么跑? ”

问话者是最先奔跑的那个人。他跑到公共汽车站,刚好赶上一趟班车,身子一斜便挤上去了。大家也就相继停下了狂奔的脚步,望着挤上公共汽车的那位领跑者。

那人嘴里叽咕着:“我想赶上这一趟班车。”

后面跟着跑来的人也恍然大悟地说:“那一声炸响,是一辆汽车的轮胎破了。”

真相大白, 但狂奔了一阵的人们并没上当受骗的愤怒,脸上都嘻嘻哈哈地乐着,好像大家早就期待着一次狂奔,而庆幸这一次突如其来的狂奔被他们赶上了。

狂奔,是动物(包括人)一种本能的需求。

2003 年 12 月 9 日中午　西安朱雀门

靠天靠地不如靠自己

女儿是学钢琴的。每过一年半载就要请个调音师来，对每一个琴键上的每一个音律，认真调试一回。原来有个调音师，我们有他的联系电话，随叫随到。这一次，女儿音院的老师给我们推荐了一个人，约好来到家里，才知道他是个盲人。

我不怀疑盲人对音律的敏感。古今中外，都有非常杰出的盲人音乐家。著名的二胡独奏曲《二泉映月》是我的最爱，不就是无锡阡陌间走出来的盲人乐师阿炳的创作？我是怕来去的路上他遇到困难。他仔细地把钢琴音律都调了一遍，他满意，女儿也满意，在他就要走时，我执意要送送他。来时我不知道也就罢了，现在知道了，怎么能不送呢！可他坚决不让我送，甚至对我动了气，说："放你的心，西安城一年汽车撞的人那么多，有一个盲人吗？"

我被他说得乐了起来。

此后,再给钢琴调律,就都是他了。一来二去,知道他的兴趣爱好十分的广泛。有正经的调音活儿了,他就去认真地做。空闲的时候,就到少年宫义务为儿童教授音乐知识;再有空闲,就到体育馆去,从师学习柔道,学习跆拳道。他是个乐观的人,说他眼睛看不见,他会专注地反驳,完全破釜沉舟的架势,和谁练谁就怯,无人能敌哩。

与盲人调音师交往的同时,我的生活里又闯进了另一个盲人,这人在一个阳光很好的日子,不期然地走进了我们居住的小区。

小区里原来有个卖鸡蛋的中年汉子,隔几日就会开着一辆农用三轮车, 拉着一车摆得整齐的鸡蛋箱到小区来卖。应该说他的信誉不错,大家也乐意买他的鸡蛋,但是惧怕他的农用三轮车,噪音太大了,那惊天动地的响声像是鬼子进村打的迫击炮,让人真是受不了,家里有老人或病人的,被他那农用三轮一吼,不是吓得失眠,就是病情加重。有人与他交涉,汉子大咧咧地说,都是城里的工厂造的,他有什么办法,他也不受噪。

就只有将就着他了。月累月,年累年,小区的人几乎已适应他。来了卖鸡蛋的盲人。这人是提着一个大竹笼走进小区的，他走得很慢，走得很小心，每一步都错着地，滋拉一声，滋拉又一声……发现他的人，很惊奇他竟然是个盲人，两个眼珠看上去，骨碌碌地转动，与常人无大差异，但他看不清前头的路，什么都看不清，他挎在胸前的竹笼里，溜尖装着的全是鸡蛋。竹笼边，还挂着一杆秤。他就这样来到我们小区，在草坪边找了块空地，放稳了他的鸡蛋笼，随后直起身子喊了两声“卖鸡蛋”。他喊的声音很小，但许多人都听到了，好像不是用耳朵，而是用眼睛听见的。大家就围了上去，买鸡蛋是一个原因，看稀奇是另一个原因。这个身材不高、年纪很轻的盲人，给大家称鸡蛋，用手摸着秤星，报出的斤两一点也不差。付款时，且不说硬币，就是纸币给了他，用手扭捏摸摸，能摸清楚的，当即找零兑现，一时捏摸不清，他会举到头顶上，对着阳光照。终有一次，一位买鸡蛋的常客给了盲人一张百元大钞，他对着阳光照着，照出了那张纸币是假钞。常客急了，要和盲人争，旁边的人就劝他到小区外的银行去验，验的结果确实是假币。常客服了，说是昨晚打牌别人找给他的。大家也服了，明眼人也为假币所骗，他一个盲人却能把假币分辨得那么清楚。

小区人很照顾盲人的生意，盲人便天天到小区来。

盲人的家在长安郊区的杜曲镇，每天都坐同村一个司机的班车，那个司机很关心他，风雨无阻准时准点地把他拉到我们的小区外，放他下车。时间长了，他和车上的人熟了，也和小区的人熟了。有人就问盲人："你咋就想起卖鸡蛋了？"盲人的脸就红了，腼腆得像个大姑娘，说父母教给他的办法，让他在家里摸着钱玩。他眼瞎却识得了钱，他还能窝在家里吗？人这是，靠天靠地靠父母，终了还得靠自己。

驾驶农用三轮车的中年汉子，还来小区卖鸡蛋，大家明显地冷淡了他。生意不好做，渐渐地就不来了。现在的小区，就只有盲人一个卖鸡蛋的了。

一个调音律，一个卖鸡蛋，两个操持不同职业的盲人，以他们各自的魅力，赢得人们的尊敬和信任，他们也为自己赢得了自爱和自信。因为他们都懂得，最终的一切，都还要靠自己。

2003年12月13日夜　西安后村

人可以貌相

东西方文化尽管有诸多差异，但有一条是相同的，那就是“人不可貌相”。然而在实际生活中，绝大多数人并未遵循这个铁的准则。美国的心理学家、行为学家和犯罪学家联合做了一个调查，发现在企业中，相貌好的人更容易受到上司的赏识和重用，他们晋升的机会多、速度快。在学校里，相貌好的学生也较易得到老师的宠爱，打分时会比一般学生高出几个百分点。即便在托儿所，漂亮的娃娃亦更能得到阿姨的欢心。还有家庭里，同样是亲骨肉，父母也更喜欢相貌好的孩子，给他们的拥抱和亲吻要多出其他孩子许多。

大喊自由平等的美国社会是这样，其他国家能例外吗？就以我们生存的中国社会来看，相貌好的人，总会易于他人占到便利，贴得满大街的招聘广告，以及发布在媒体上的求职广告，都忘不了提出一个相貌端正或相貌姣好的界定词。

相貌好就能求得职位，相貌差就难求得职位，而这只是冰山一角。人的相貌好与差，对这个人一生的影响将表现在许多方面，如婚姻生活，如工作提拔等，不一而足。有人还做了一个比较，即使在庄严肃穆的法庭上，罪犯的犯罪性质大同小异，而罪犯相貌的好与差也会影响法官的量刑尺度，相貌好的往往会得到较轻的处罚，而相貌差的则会得到较重的判决。

古希腊哲学家亚里士多德，早在数千年前，便一针见血地指出：虽说人人都承认“人不可貌相”，但实际上，在任何场合，一个陌生人的美貌，往往胜过任何介绍信。前不久，在海南岛三亚市举办的世界小姐决赛上，一个打工的木匠，捡了一个货真价实的记者采访证，挂在脖子上走进现场时，却被保安拦住了，原因是他不像记者。深入一查，他果然不是记者。那么记者该是什么样子呢？虽然没有一个标准，但绝对不会是一个打工木匠的模样。

本人就曾遇到一件事，把中学同学的合影拿出来让人看，不等我介绍，看的人就指着相片上的人说，哪一个当兵提干了，哪一个上大学当官了，哪一个进工厂下岗了……人家指认得不差分毫。本人觉得奇怪，问他是怎么看出来的，他说只是一种感觉。

这个感觉是很有道理的。就说活跃在电视上的特型演员，把老一辈领袖人物演得惟妙惟肖、活灵活现，但仔细去看，还是破绽百出，无法乱真，原因就是特型演员唯有其形，而缺少其神。

我们甚至可以做个实验，让几十个人都在老板椅上坐一坐，其中只有一个是老板，那谁是老板呢？在人人都坐下去的一瞬间，就能分辨出来。不是老板的人坐上了老板椅，不免会有一时的惊慌，或一时的装腔作势；而真正的老板，其表现无疑会是从容的、大气的。电视上热播的皇帝出宫微服私访的戏，看得我乐呵，但要较真地去推敲，则肯定是站不住脚的。皇帝的本色，岂是一身微服就能掩盖得了的？要么是皇帝太庸俗了，连皇帝的尊严都荡然无存；要么是老百姓太愚蠢了，连帝王气息都嗅不出来。否则，皇帝隐藏身份的马脚肯定是要露出来的。难道不是吗？张国立演的《康熙微服私访记》，戏中皇帝就多次被人看穿了他的把戏。

人可以貌相。“相”就在一个人散发的独特气息上，在他的一举手一投足以及嬉笑忧伤的脸上，想要假装是很困难的，因为一个人的学养和性格、习惯都是日积月累形成的，如魂似魄，附着在一个人的身上和脸上，要改变，非得很长一段时间不可。有句古话说得好:“近朱者赤,近墨者黑。”这该是佐证“人不可貌相”的一个很久远的科学论断。

2003年12月7日　西安朱雀门

电话本丢了

戚友亲朋的电话号码，我是用手抄的方式，一笔一画地写在一本硬皮小簿子上。因为不是一次抄上去的，今日一条，明日一条，新交故知，济济一堂，所用笔墨又不尽相同，蓝、墨、绿、红、黄五色杂陈，热热闹闹，泱泱大观，慢慢地，慢慢地就写满了一本子，翻查起来，就颇费周章，但看着那积累起来的许多号码，竟满眼都是肝胆，满心都是情义。

后来掌上电脑之类的东西接二连三地侵入人的生活，随身携带，记个电话号码什么的，既方便，又快捷。身边的同事、朋友差不多都换上了那种新鲜玩意儿，而且固执地劝说我也换一个，还把那玩意儿拿给我演示。说实话，那玩意儿真是不错，手指轻轻一点，电子为人代劳，扑簌簌一串号码闪烁而过，定格的那一条，肯定是你要的号码，省时省事，便利清楚，差点让我动心。然而，当我拿起已经很旧了的手抄电话本，触摸着那几张翻烂了的纸页时，却有一种牵肠挂肚的隐痛，迫使我放弃了换个掌上电脑的决心，坚持使用我日久年长的手抄电话本。

可是我把电话本丢了。

丢到哪儿去了呢？几天时间，我神魂颠倒，满脑子都是丢失了的电话本，企盼着一个奇迹的出现，电话本还在我的手提包里，睡了一觉醒来，想起要给电话本里的一个朋友打个电话，手伸进了提包里，很自然地就把它摸了出来。但是，这个奇迹一直未能出现，我痛苦地寻找着，把一切能找的地方都找了，就是找不见我的电话本，好像那个与我朝夕相处了许多年的破旧电话本，根本就没有存在过，或者是存在过，现在化作一缕青烟，随风飘散了。

不能就这么飘散啊！

分明的，电话本中积累的那些号码，其主人都鲜活地储藏在我的大脑里，我有许多事要与他们联系；就是没事，也要问候一声的。电话，无法取代地成了人与尘世相连的第一热线。我在痛苦地寻找电话本期间，回忆着还能记起来的号码，每一个号码的背后，都是一张熟悉的面容。阿拉伯数字组成的、千变万化的号码本，有如一本别样的人生词典，记录了一个个别样的人生。我想起一个电话号码，就拨通一个，好了，的确是他呢，我在电话这边就聊上了，聊的内容是不很重要的，重要的是我可以把他的电话号码记录下来，重新积累起一个新的电话本。

一个新的积累，却也涉及一个敏感的取舍问题。这同样是一件令人痛苦的事情，像我丢了旧的电话本一样。丢失是一种痛苦，要取舍是另一种痛苦。我先是核实记得起来的电话号码，每一次核实都会勾起一段段的情，友情、亲情、爱情、长辈情、同事情，走马灯似的在脑子里转转转，转着时，心中有大悲亦有大喜，有大痛亦有大爱。曾经的青梅竹马，相濡以沫；曾经的肝胆相照，山盟海誓；曾经的祸福与共，泪眼相投……几天时间，我神魂颠倒，满脑子曾经的……啊啊，全都历历在目，恍如昨天。这使人心惊肉跳，大有肝肠寸断之感。

然而，让人心惊肉跳、肝肠寸断的电话号码，曾几何时，在那本旧了的电话本里，竟都成了一堆躺在其中毫无意义的符号。现在要重新收集整理了，感觉却发生了极大的变化，剔除掉结在一个个电话号码上的岁月尘网，多少旧恨新愁，多少旧怨新爱，一齐涌上心头。情生，情忘，缘起，缘灭，一些人的电话号码又工工整整地上了我的电话本，一些人的电话号码却从此绝迹。这是谁的责任呢？我自己不想推卸责任，而对方也难辞其咎，双方的恩恩怨怨，怎么能说得清呢？

悲欢离合，就这么发生在电话本丢失之后。新的电话本正在收集整理中，以后会不会再丢失？会不会再取舍？但愿不要有那样的重复，因为我已迈进了知天命的生活门槛，知道了世事的变化是难以预料的，今日的朋友，可能就是明日的陌路人，而昨天的宿仇，也可能是明日重圆的明镜。现在，我所必须要做的是，珍惜每一条在我电话本里留有迹象的缘分，努力地使那缘分保持得长一些，久一些。

2003年12月6日　西安后村

把窗子打开

妻女回家来,头一件事就是开窗;而清晨起来的头一件事,就更是开窗了。一年四季,每时每刻,都喜欢把窗户开得大大的,即使是冰封雪舞的冬季,不便把窗户开得太大,也要留出一条线来。妻子说窗是家的眼睛,倚窗而望,是雪,是雨,是灿烂的阳光,是如水的月辉……都历历在目,清清楚楚。女儿说窗是家的环保通道,花开了,草绿了,蓝天上飘荡的白云,悠悠吹拂的清风……都爽爽朗朗,赏心悦目。

金黄烂漫的迎春花在小区的那座悠然亭周围,最先漏泄了春的消息。这是妻女所喜欢的,清晨睁开眼,首先扑到窗口,看大大小小、高高低低的窗子是否开着,若有没开的,或是半开半闭着的,就都通通地打开来,高的窗子够不着,还会搬来凳子搭脚,爬上去,也要把它们打开。

窗开了,让花枝招展的春姑娘,飘飘然走进我们家,顿时，满屋春意荡漾，张嘴吸一口空气，也是甜甜的春的气息。闭上眼睛，思绪穿越了层层水泥楼的封锁，来到广阔无垠的四野和山川，那里更是一幅春的美景，杏花开了，桃花开了，牡丹花开了……你不放过我，我不让开你，争先恐后地丰富着春的绚烂，艳红的，嫩白的，淡粉的……色彩浪漫，扑朔迷离。仿佛游魂漫入花海，成了花丛里的醉鬼，在心里不由自主地默诵起来：

春风先发苑中梅，
樱花桃李次第开。

春雨像丝一样，抽得细细的，若有若无的样子，斜斜地从窗口游到家里来，脸也为之湿润起来，心也为之湿润起来。伫立窗前，细雨的轻响美妙极了，有什么乐器能演奏出这样的乐章？没有，这是自然的馈赠。只有静静地用心体会，才能感受到那柔曼的雨声。有时像是母亲曾给你唱的《摇篮曲》，期期艾艾，曼妙柔美；有时却像春蚕咀嚼桑叶一般，嘈嘈切切，韵味悠长。低头从高楼上的窗口看出去，楼后草坪上原本枯枝瘦桠的几株紫薇和丁香，业已透出嫩嫩的黄绿色来，还有那棵高高大大的雪松，比以前显得更加翠绿葱郁。三三两两的孩子是小区最先出门的人,有读小学的,有读中学的,从他们穿的校服上看得清清楚楚,一个个脚步匆匆忙忙,使清晨的小区多了一种喧腾,多了一种活力。

黄昏,上学的孩子们回来了。

窗外却飘起了绵绵春雨。撑在孩子们头上的伞湿着,红黄蓝绿,粉黛紫白,五颜六色,仿佛一朵朵硕大的带露的鲜花。几个晚归的女孩子,躲在鲜艳的伞花下,喃喃地私语着,隐隐约约听得见她们心头花一样的幻想。幻想也是一个春雨霏霏的日子,走来了一个帅气的男孩,为她们撑出一片爱心,撑出一片蓝天。透过窗,看着蒙蒙细雨中的故事,心里只觉好笑,清纯天真的孩子们,让窗外的景色多了缕缕烂漫的青春气息。

今春花事了,
从此雨声多。

这是谁的诗句呢?一时记不起来,但那种湿湿的润润的感觉,特别适合我向南瞭望窗外的心绪。

过去,我生活的这座古城总是特别的缺水,曾有好几年，城周八条水，差不多条条干涸，人畜吃水都成了问题。到新世纪，情况为之大变，雨水突然地多了起来，春天多雨，夏天多雨，秋天更是多雨，让习惯了干旱的人，有些不习惯。我则不然，尤其是临窗眺望时，能有雨的点缀，心情就会特别的好。但下得太多了，下涝了，城市倒也罢了，临水而居的农村人家却遭了雨的灾，房子塌了，庄稼收不回来，小区就有组织地开展捐赠活动。募捐点就在窗外的亭子间，我和妻女翻箱倒柜地翻找着，女儿先找出她上学时用过的两个书包和她穿上嫌小的几双鞋子，都是半新不旧的，装在一个大纸袋里，取了根绳子，从窗口吊了下去，喊着募捐的叔叔阿姨，让他们取了去。女儿的行动点亮了我们的灵感，学着她的样子，把收拾出来的衣物打了包，也从窗口吊了下去。

蓦地，天空飘下来的水滴，就成了一片一片的雪花，纷纷乱乱地落在了窗外的每一景每一物上，丁香树和紫薇树，好像变成了春天的梨树，朵朵白花缀满枝头，阵阵料峭的寒风吹来，一树树的雪花，时而坠落，时而飘飞。过一会儿，艳红的冬阳升起在中天，染得积雪一片绯红。

这是冬天的夜晚，睡觉时不好再开着窗子了。天亮了，妻女和我，无论谁先下床，还都会迫不及待地打开印着冰凌花的玻璃窗。窗开的一瞬间,因为冷,常会禁不住打一个寒战。仿佛这寒战是一种奇妙的享受,任谁在寒战时,都要快活地啸叫几声,心情会立即开阔起来。什么困难,什么不如意,全都流泻得远远的了。

把窗子打开,其实就是打开自己的心,让心与自然、与青春、与爱展开通通透透的交流。

2003 年 12 月 3 日夜　西安

别相信眼睛

社会公认的一句话:眼见为实。

然而,无数的生活现实却在颠覆这一真理,让我们别相信眼睛。1972 年,瑞士北郊山区的一位农夫,误将废弃在葡萄园里的油罐看成空罐,想到里面不受干扰地小憩一会儿。没想到,农夫一钻进“空罐”,就再没活着出来。

农夫被自己的眼睛欺骗了,付出了生命的代价。

农夫用他的生命, 在欧洲引起了一场很有价值的诉讼。

欺骗了农夫眼睛的油罐,填充了满满一罐不易挥发的气体。这种气体无色无味,让油罐一眼就能看到底。惯常的经验,让农夫得出了这是一个空罐的结论。这起诉讼,使全欧洲的人都明白了两个惊世骇俗的观点:第一,空的东西并非真是空的;第二,小心所有加盖与不加盖的容器。总结起来一句话，就是别相信眼睛。

无独有偶，我国也发生了一件类似的事。20 世纪，一个随车押货的年轻人，从广东的韶关坐上一列闷罐子车到河南的信阳去。车在湖北境内，一刻不停地往前飞奔，年轻人到闷罐车的一角小解。岂料，数分钟后，严重心力衰竭，伴随深度虚脱性休克，最终死亡。到医院尸检，才发现死因就在那泡尿上，闷罐车装运的货物挥发出的气体与尿液中的某种成分混合后形成致命物质，导致年轻人中毒毙命。

真的让人不寒而栗。事件的过程中，我们那么坚信的眼睛，却一点也帮不上忙。怎么办呢？我们就需要长个心眼了，将看得见、看不见的东西都输送到头脑里去，来个综合的分析和处理，得出个“非单纯视角认识”的正确结论来，我们才能不受眼睛的欺骗，以致失去自己宝贵的生命。一些自诩身具“特异功能”的人，也在社会上大演欺骗眼睛的闹剧，弄得上当受骗的人把他们敬若神明，中国科学院院士何祚庥先生，为此费了不少心血，到处去和那些“神人”“大师”斗法，好让善良的老百姓识别真相，相信科学，免得招灾惹祸。

自称“大师”的那个姓严的家伙，与何祚庥就有一次当面锣对面鼓的对决。姓严的说他发个功，能让瘫痪者扔掉拐杖自己站起来，说他在广州发功北京的人都能接得到，说得兴起时,竟自诩他能改变导弹的方向。

何老就笑了,说大师既能改变导弹的方向,就能改变足球的方向,中国男足不能把球踢进对方的大门,让“大师”到赛场上去,发个功,让足球拐个弯,弯进对方的大门岂不更好。

“严大师”被问得张口结舌,无话可说。

“京城奇人”是又一个自诩的“大师”。弄出一台报告会,表演从封闭的瓶子里倒出药丸的把戏,当真把在场人的眼睛给骗了,大家信以为真,惊叹之声不绝于耳,更有人鼓起掌来,全场掌声雷动。何祚庥不慌不忙,把他随身带来的一个药瓶交给“京城奇人”,让“大师”把他药瓶里的药也不启封地倒出来。结果可想而知,“京城奇人”傻眼了,他自己的药瓶是事先做了手脚的，药丸可以由他随心所欲地往外倒。何老的药瓶没做手脚,就只能让“京城奇人”丢丑了。

2003 年的秋天到曲阜参观“三孔”,听说那里遭受了一场水洗之灾。有家很大的媒体派人员采访,写出的文章称“本社记者实地采访发现，并没有令人信服的证据显示曲阜‘三孔’遭水洗,已造成难以弥补的损失”。而我们参观“三孔”,已是事件发生后一年多了,仍能看到水洗的痕迹。

“三孔”是人为损害,严重地损坏了圣地文物的真容,怎么能大睁着眼睛说瞎话呢!

当地的文物部门在事件发生后，也难掩饰自己的过错,在巨大的舆论压力面前,通报了他们水洗“三孔”的失误。

如此说来,我们的眼睛有很大的局限,眼睛有不能识辨的事物是一种,睁着眼睛说瞎话又是一种,而且是最为有害的那一种。

2003 年 12 月 11 日夜　西安后村

床上的风景

小贝者，西班牙皇家马德里足球队的球员贝克汉姆是也。这个家伙最近的事情有点多，主要是麻烦事，一会儿一个情人，惹得老婆和他大吵一场。但是没办法，谁让名气也大的辣妹要嫁个亿人迷的贝克汉姆呢，全球有太多太多的性感女人，都惦记着绿茵场上威风八面的贝克汉姆。

迷着贝克汉姆的性感女人，都不无醋意地叫他小贝。

迷着小贝的性感女人，都不无热切地想与他上床。

找不到机会上床，心里痒痒的，就恋上小贝下榻过的床。聪明的拍卖行，抓住了这一市场，在皇马来北京踢了一场比赛后，紧跟着小贝的脚后跟，把北京饭店小贝用过的物件一股脑弄到拍卖会上，一件一件地拍卖了。

竞拍者频频举牌，小贝当晚用过的拖鞋、毛巾、浴巾、牙刷、牙膏、香皂、香波，用过的枕套、床单等，都拍得很利索。其中一件绣着小贝名字的睡衣，拍卖师鼓吹上面还保留着小贝的汗味，这把拍卖会一下子推上了高潮，二百元起拍，很快攀升到两千八百元的金价，被一男士侥幸拍得。该男士兴奋得当场跳了起来，声称要把它作为礼物送给上中学的女儿。

也不知这位父亲是怎么想的，小贝的汗臭味，能激活他女儿学习的灵感？不然，何以给读中学的女儿送上这样一件礼物？

更具创意的一件拍品又在拍卖师的叫喊声中开拍了。“和小贝同床”，啊呀呀，日思夜想与小贝同床的人（女人，男人，已不重要）这下有奔头了，怎么能不挤破头地竞拍呢？竞拍的价码翻着跟头往上涨，最后被一位不愿透露姓名的人士拍得。有小道消息称，拍得“和小贝同床”的那个人，当晚就去了小贝住过的北京饭店B座6115房间，当下把门反锁起来，一个人躺在小贝睡过的床上，一夜不曾入眠，美滋滋地体验着和小贝同床共枕的感受，次日从房间里出来，两只眼睛红得如一对桃儿，嘴里还不停地说：“值！太值了！”

真就那么值吗？我不敢妄加评论，只能把鲁迅老爷子的话搬出来：“中国人又很有些喜欢奇形怪状、鬼鬼祟祟的脾气，爱看古树发光比大麦开花的多，其实大麦开花他向来也没有看见过。”不晓得鲁迅老爷子的话，大家可听得明白，这就是咱中国人的一种劣根性，是怪不得谁的。

北京饭店尝到了甜头，干脆一不做，二不休把齐达内、菲戈、罗纳尔多、卡洛斯、劳尔睡过一夜的房间的用品和原汁原味的睡床，也拿出来拍卖了。一时间，床上的风景在拍卖槌的响亮敲击声中，呈现出五彩缤纷的新鲜景象。

行文至此，我几乎无话可说了。一个多年不见的朋友突然找上门来，痛心疾首，说的又是一个床。不过，朋友所说的床与小贝、齐达内、菲戈们睡过的床不一样，床上的风景也是不一样的。

朋友结婚的时候，经济条件有限，房只有一间，要安置衣橱、镜台、冰箱、电视机等必不可少的家用物件，这把放床的空间挤得非常小。这不用朋友说，我也是知道的，当年到他家去做客，也在那张小床上坐过，两个枕头也不能并排放，放不下嘛，就只有摞放了。当然，朋友刚刚结婚，估计在床上也像他们的枕头一样，不会并排搁着。

如今，朋友发了，做的也是床上的生意，主要由他的妻子来经营，朋友跑跑外围，打个下手而已。初创时，两口子齐心协力，白天再忙，晚上也少不了自家小床上的节目。想不到自己店的床单、床套、枕套、被套等床上用品卖得越多，回家在自己小床上的节目越少。到后来，有了自己的三居室，换成大床，两口子更是提不起床上的精神，一夜又一夜，都是脊背对着脊背，再后来，两口子干脆分床而睡了。

婚姻就此亮起了红灯。

都商量好了，协议离婚。离婚前夜，几个客户却撺掇夫妻俩到乡下去享受农家乐。都是生意上的朋友，婚可以离，生意还得做，两口子就跟着去了。农家乐的条件有限，粗茶淡饭吃着，倒也很对已腻肥的胃口。到晚上休息时，问题来了，没有那么多床。热情的农家主人搬来一张钢丝床，展开来，铺上被褥，让他们两口子凑合着睡一夜。可那钢丝床窄小不说，好像还断了两根钢簧，中间便深不可测地凹了下去。两口子乍睡上去，也还是背靠着背，但实在太难坚持了，一人手扒着钢丝床的一边，也坚持不了多长时间，手一松，自然地滚到了一起，两口子的四肢就纠缠成了一根麻花，嘴和嘴对在了一起，眼和眼也对在了一起，自然，还有该对的东西也恰如其分地对在了一起。两口子的气便喘得粗了，就有了云雨横飞的一场激情表演。

到两口子都累得不动了，妻子咬着朋友的耳朵嚷："太爽了！这是感觉最爽的一次！"

朋友何尝不是呢,也说:“爽!确实爽!”

妻子就说了:“那咱还离婚吗?”

朋友说:“不离了,打死都不离了。”

一张超期服务的旧钢丝床,挽救了一个濒临分手的家庭。我们现在不能不说,无论是小贝用过的床,还是谁用过的床,不在于床的豪华,也不在于床的名贵,而在于能否燃烧激情,能否永葆和谐美满的风景,这才是最可宝贵的。

2004 年 4 月 25 日　西安太阳庙

良妻胜于师教

“枕边风”历来为人所不齿，民间把心无主见，唯枕边之言是听者，讥为“耳根软，没出息”。到了朝堂之上，干脆为枕边之人定下一条规则——后宫不得干政。触犯规则的后宫女人，被打入冷宫、废为庶人者比比皆是，更有甚者，殁了性命的也历历可数。但辩证地说，枕边风不一定都不好，老婆的话不一定都是错误。

《中国通史故事》讲述的“大脚皇后”的几件事情，就颇耐人寻味。大脚皇后与朱元璋的婚姻说来也是包办的。她自己长了一双大脚，人又长得有些丑，这在那个崇尚小脚的时代，就先输了一招。但她聪明伶俐，又有远见，特别是在朱元璋落难被关禁闭不给饭吃的关头，时称马大脚的她，不畏艰险，偷着给朱元璋送吃的。一天，刚烙好大饼，还没收拾好，听见有人来了，她便把饼揣进怀里走开。等到偷送给朱元璋时,胸脯已被烫伤了一大片,当时把个朱元璋感动得涕泪交加。这事朱元璋记了一辈子,到他登基之日,很干脆地把马大脚封为皇后。

明太祖易怒好杀。这位大脚皇后就给朱元璋吹“枕边风”, 实在不听时, 就解开衣服让他看她乳下烫的那块伤疤,因此救了不少功臣良将的性命。李希颜是明太祖几个孩子的教师,他不管龙子龙孙那一套,谁不好好学就训斥、体罚,有位小皇子仗着老子的威风,调皮捣蛋,李希颜就在他的头上敲了几下,他哭着找老子去告状。明太祖一听就火了,马皇后在一旁却说:“你干啥呀?老师教孩子,是自古以来的规矩,你生什么气?”一句话提醒了明太祖,冲上脑门的火也消了下去。还有那个宋濂,宋濂是大明的开国之臣,后来又做过诸王的师傅。马皇后力劝太祖勿滥杀无辜,而太祖坚持非杀不可。无奈,马皇后在与太祖同桌吃饭时,不吃肉,不喝酒,也不说话。明太祖以为皇后身体有恙,待询问时,马皇后才说:“宋先生就要死了,我们没有按照对待教师的礼节对待他,我只能为他祈祷、修福。”明太祖听了,想起宋濂的种种好处,心里也不好受,第二天便赦了宋濂的死罪。

可惜马皇后五十一岁就殁了。没了她的枕边风,明太祖喜怒无常的性格便少了约束，屡兴大狱，肆意杀戮功臣，弄得天怒人怨，朝野惶惶不可终日。

还有一个是元载，他的起家发迹，亦与听老婆话大有干系。曾任唐肃宗、唐代宗两朝宰相的元载，青年时是个潦倒的书生，而他的老婆，却是佩四将印，劲兵重地控制万里的大将军的女儿王韫秀。王家姐妹个个富贵，从钱眼里看人，小两口自然要受冷眼了。王韫秀不管那些，一味地劝诫元载苦读圣贤，求取功名。长安城大比之年，王韫秀又劝元载去赶考，临别时元载挥泪作诗言情："年来谁不厌龙钟？虽在侯门似不容。看取海山寒翠树，苦遭霜霰到秦封。"王韫秀见他那凄凄落魄的可怜样，为壮其心志，毅然决定同往。为此，王韫秀亦作了首名为《同夫游秦》的诗："路扫饥寒迹，天哀志气人。休零离别泪，携手入西秦。"

元载这一次入秦，有了妻子的鼓励，果然策入高科，获得官阶，且一路攀上直至登峰造极。

然而人一阔，脸就变，元载亦不能免。当了宰相的他，在长安城的宅第就有两处，府中娼优，公演黄戏。亲族围观，不知羞耻。这时候，老婆的话他是听不进去了，还因为王韫秀多有规劝，元载干脆很少见她了，他另建府宅，广蓄歌伎，美人之多，跟皇宫都有一比了。其中有一位宠姬薛瑶英，玉骨香肌，能歌善舞，平日深藏闺中，从不露面，只有他的亲信王炎、贾至等人见过。王炎在惊叹薛瑶英的艳质之余，作诗描述："雪面淡眉天上女，风箫弯翅欲飞去。玉山翅翠步无尘，楚腰如柳不胜春。"这些还只是元载生活的一面。另一面是那些趋炎附势之徒纷纷向他靠拢，日日车马盈门，醉饮狂歌。当此之时，王韫秀虽然无奈，心里仍然放心不下，一有机会就劝诫元载，实在无用时，还作了一首诗送元载，盼他悔悟，诗曰："楚竹燕歌动画梁，肴兰重换舞衣裳。公孙开阁招佳客，知道浮荣不久长。"

很难说元载读了老婆的劝谕诗后有什么想法。总之，在皇上也当面警告了他以后，他并未收敛多少。于是下狱问罪，诏赐自尽，连预知"浮荣不久长"的王韫秀以及一家老小都未能幸免。到今天，我们替元载设想，假如他当时还能听进老婆的话，何至落到如此悲惨的下场。

色情的舌头

饕餮之徒的舌头可真够色情的,总是要花样翻新地把食和色结合起来。本来有心对此表达些贬斥，却想起孔老圣人的话,“食色,性也”,就没法说三道四了。可不说又觉得心头的块垒不散,硬着头皮说一点吧。

西施姑娘是一个清纯美丽的女子，偏有人想要吃她。啮妃子唇,以为何如?想象得真是入木三分,把一个类乎舌的东西,又扯到西施的嘴唇上,显见得欲和西子姑娘接吻,戏剧家李渔对此所记亦多肉麻之处:“所谓‘西施舌’者,状其形也。白而洁,光而滑,入口咂之,俨然美妇之舌,但少朱唇皓齿牵制其根。”末了还说,谁若是偏好此味,干脆想法“索美舌而咂之”。如此色情的卖弄，难怪他被旧时的文人一片责骂。

冒死所吃的河豚,古人竟也跟西施牵连到一起,宋人笔记："河豚有'白'最甘肥，名'西施乳'"，我们知晓，所谓"白"为河豚的精子，但古人联想登峰造极，偏是把雄变成雌，面对香喷喷的河豚汤，摇头晃脑地吟出两句诗来："才喜一樽开北海，忽看双乳出西施。"

西子姑娘俨然成了舌头上的美味，胖乎乎的杨贵妃也难以幸免。《闽小记》有载："西施舌即西施之舌矣，蛎房，其太真之乳乎！"蛎房就是赶海人早起在海滩上敲出来的牡蛎，怎么就与太真的乳房联想到了一起？盖因书中提到了"鸡头"二字，牡蛎那色深坚韧的内核，和唐明皇的"鸡头肉"典故所言之物相类，这就被人牵连在一起了。杨贵妃在临潼温泉出浴时露出了一乳，兴高采烈的唐明皇便脱口赞叹："软温新剥鸡头肉。"鸡头就是芡实，样子像乳头。

今天的饕餮之徒，毅然继承了古人的偏好，使色情的舌头，不断发扬光大，像古人用"意念式"的菜名传达色情的信息，已经很小儿科了，湖南长沙的一家酒楼，非常大胆地推出了真正的"人乳宴"，花费金钱把一些哺乳期的年轻妇女请进酒店，名曰"营养师"，列队站在酒店门口，任食客选购，选上了，进到一个房间，现场挤出乳汁，供应食客享用。

如此创举，真是让人瞠目结舌。

色情的舌头，越吃越有滋味了，还形成了一个吃什么补什么的概念，动物的鞭和海参、竹笋，因为与男势有大体相同的形象，便被认为有了壮阳的功效，而大为受宠，成了餐桌上叫得很响的几道菜。

然而所有这些，比起日本人的舌头，其色情程度还要逊色不少。在这个岛国上，很早就流行着一种"女体盛"的吃法，极色情地满足着舌头的享受。据传，这种色情的吃法已经漂洋过海，在中国台湾登陆，并迅速地流行起来，几乎成为一种时尚了。

所谓"女体盛"，是要选择一些面容姣好、体肤白嫩的少女，让她们脱光了衣服，在热水中洗三遍，在冷水里洗三遍，剃光了腋毛、阴毛和汗毛，光溜溜地平躺在一张餐桌上，裸体的少女，众目睽睽之下，充当一具盛菜盛饭的盘子。厨师有条不紊地在一边忙碌着，做好一道菜，就往裸体少女的身上盛一样菜。据说，每道菜都是一种补品，盛放在少女心口上的，便是补心的；盛放在少女肝上的，便是补肝的……裸体少女的五脏部位，无一例外地都会被盛上一道菜，即便是少女裸着的生殖器上也不例外，但不知这道菜补的是人的什么。

不懂得日本国民的餐饮习俗，却由此想起吾国一个精绝的词语——秀色可餐。“女体盛”当真把美女做成了一道可餐的秀色。

2003年12月8日　西安朱雀门

疲倦的裤子

老娘在八十岁的时候,要送一个东西做念想给我。

打开她的箱底,叫我惊讶的是,老娘的箱底如她本人一样老了,她翻翻拣拣的,没有一样满意的东西给我。老娘叹气了,絮絮叨叨地说:“把我娃苦的,在外边挣的两个钱,不够妈的药罐罐熬。”这是老娘过去常要絮叨的,我听不惯,常要阻止她说下去。但老娘的话我是挡不住的,特别是家里来了人,老娘更是要说,说我从小就吃苦,出外念书,连一床褥子都缝不起,薄薄的一床被子,铺一半盖一半,吃饭了,也不敢要一个带肉的,总是白菜冬瓜、冬瓜白菜地熬,现在熬出息了,还不得好吃好喝,好穿好戴,实实地苦了我娃咧!

老娘这么絮叨得多了,我突然明白,老娘这是检讨自己呢!她是说自己没本事,可她的孩儿有本事啊!这么想着,我的心不安起来,感觉自己实在没有老娘骄傲的那样。

我听惯了老娘的絮叨，之后就不再阻止，任她说去，爱怎么说就怎么说。可这一回，老娘没有太多絮叨，只是埋头在她的一堆箱底里给我挑选可以留作纪念的物件。我嘴上不说，心里却打着鼓，不晓得老娘何以要固执地给我一件东西做念想。是老娘觉得她太老了吗？就要离开她的子女了吗？乡间的老人都说，他们老了，知道老天什么时候收人，天意嘛，谁又能违背得了。我不敢往下想，便顺着老娘的意愿，也在她的箱底翻找起来。

有一条绣彩的大红缎子腰裙和一件大红素面的绸袄，想来是老娘初嫁时的物件了，可我一个男孩，是不好留它做念想的，但在老娘的箱底，也就这一套像样的物件，老娘抖开来，还在她身上比画了一下，说就是这身了，拿回去，给你媳妇留着。啥日子想妈了，让你媳妇穿起来，就能看见活着的你娘咧！

我忍不住笑起来，嗔怪老娘胡思乱想，自己的媳妇怎么好与老娘比呢？

老娘却不恼，也不笑，还说她讲的是真心话。

我能有啥办法呢？只好把老娘初嫁时的衣裙很慎重地接过来。因为慎重，伸出的双手不仅接过了大红的绸缎衣裙，还把老娘的一条黑布裤子带了过来，在我数十年的生活中,见惯了老娘的黑衣黑裤,觉得实在没有什么稀罕的。可这一条裤子,还是吸引了我,原因是黑布裤上的补丁,一个摞着一个。我便很有耐心地数着,一、二、三、四……数到最后,统共有四十一个补丁,而那一年,我刚好四十一岁。这就是说,老娘裤子上的补丁数,就是我的年纪,我于是坚决地要把老娘的黑布裤子也留下来做念想。

老娘起先不同意,一条补丁裤子有啥好念想的?像人老了一样,疲了,倦了,没有用处了。

但老娘拗不过我,于是,她的黑布裤子也被我带回了西安的家,和老娘初嫁时的大红绸缎衣裙一起,成了我的念想。

不久,老娘过世了。

我扶着老娘的灵柩,一声声地哭着老娘。感觉老娘真是太不容易了。她的一切不容易,都在于她的明白,就连她的死亡,都知道得那么明白,也安排得那么明白。而我作为她的儿子,觉得自己太粗心了,常常听不懂老娘说的话,看不懂老娘做的事。等到有点明白时,像老娘所说,她和她的黑布裤子一样,疲了,倦了,疲倦得离开我走了!

记忆中的老娘,温情脉脉地料理着家务,料理着农活儿,料理着亲戚邻里的关系。老娘尊重别人,别人也尊重老娘。即便是自己的娃娃,她也不高声呵斥。老娘说,雀儿也知指甲大的脸,老娘不呵斥她的娃娃,是她独有的教育方法,和声细气地给她的娃娃讲故事,让她的娃娃从故事中得到启发,受到教育。

老娘的故事太多了,有些纯是为了教育的需要,自己苦心地杜撰一个出来,可在讲说的时候,老娘都会加上一句"上古时候,有个……"的开头话,然后娓娓道来,很能吸引人,感染人。老娘如果识字,如果晚到世上百年,凭她杜撰故事的能力,绝对会成为一个杰出的文学家。

老娘昨夜到我的梦中来了。

我看见梦中的老娘是那么年轻,穿着她初嫁时的大红绸缎衣裙,款款地向我走来,母子俩的手都握在一起了,突然地窗外一声雷响, 穿着大红绸缎衣裙的老娘不见了,我睁着眼睛,看着窗外的斜雨,下床后,取出老娘留给我的念想,推醒了妻子,顽固地让妻子穿上老娘初嫁时的大红绸缎衣裙。将近一个世纪前的红缎裙子、红绸袄,穿在现代意识强烈的妻子身上,竟然一点也不过时,仔细地看,还有一些更新鲜的东西,在那雾一样的红晕中弥漫着,泛滥着。

妻子知道这一身大红绸缎衣裙的故事,也懂得这身大红绸缎衣裙的意义。她端坐在床沿上,像个新嫁娘一样,还向我要了那条黑布裤子。

妻子说:“黑布裤子,疲了,倦了。”

2004年4月24日　西安后村

呵护好的心情

看到一个外国的漫画,说的是有个小男孩心情不好,在路边偶遇一条小狗,抬脚踢了过去,吓得小狗狂窜逃避。小狗无端受了惊吓,心情像小孩一样不好,见到一个西装革履的老板,便没好气地汪汪大吠。心情同样不好的老板回到办公室,逮着他的女秘书,就是一阵雷鸣电闪。女秘书下班一进家门,满腔怒气直冲脑门,对着莫名其妙的丈夫骂了个够。第二天,身为教师的这位丈夫如法炮制,对自己一个犯了点小错的学生,劈头盖脸地就是一顿臭批。挨了批的学生,恰就是前一天放学归途中踢了小狗的小男孩,这一天被老师批得心情依然不好,偏又碰见了那小狗,眼睛眨都不眨,抬脚又是一踹……看到这里,你一定忍俊不禁,那一分幽默,对拯救人们的坏心情,不啻一服良药,会从中多有收获的。

看来人的情绪有其特别的传染性，对一个家庭来说，处理好这一矛盾至为重要。现实中有不少这样的家庭,夫妻间因孩子生气,因家务生气,因在外不顺心,憋着回家生气……总之,洗个碗、扫个地也会爆发一场战争。他们拿生气当"娱乐",三天一小气,五天一大气,轻则争吵吼骂,重则连摔带砸,搅得夫妻失睦,四邻不和,孩子不能安心学习,老人跟着操心叹气,何苦来哉?

防止不良情绪的污染,应该是我们大家需要认真对待的问题。除了加强品格和心性的修养,使自己多些理性,少些蛮性,遇事善于克制和忍让外,重要的是要学习培养自己的好心情,呵护自己的好心情。医学研究也证明,人的心情愉悦了,就能分泌更多的人体咖啡(内啡肽),这个东西可使人精神矍铄,健康长寿。而长期压抑、生气,会导致人的神经系统紊乱,免疫力下降,诱发疾病的风险是常人的两倍,就很容易生病。为此,有专家撰文警惕:生气等于自杀。

怎么培养自己的好心情,呵护自己的好心情呢?

人的性格千差万别,说话处事的方法千差万别,兴趣爱好也千差万别，我们是很难找到一个标准模式和答案的。不过读了一篇《喜欢是自己的》小文章,觉得颇受启发。

文章是一位丈夫用第一人称写的。说他一次下班后回到家里，妻子在盥洗间洗头，盥洗间便有歌声飘出；看电视，看着看着就乐了，捂了嘴哧哧地笑。而他挪近了电视，发现是一个毫无创意的广告。他觉得妻子快乐得蹊跷，追问再三，妻子才告诉他说："我们办公室后面有一棵树。"

"人参果树？菩提树吗？"

"不是，是法桐。"

"法桐也值得这么乐呀？"

"树上有两只鸟，筑了一个窝。"

"孔雀鸟吗？金丝鸟吗？"

"就燕子。很普通的两只燕子。春天来时两只，天天在我们窗外，啾啾喳喳，这两天就更勤快了。你猜怎么了？他们有孩子了！"

这位妻子的好心情来自一对燕子。而自然界有比一对燕子更丰富的内容、更多彩的事物，就看我们怎么去体会，怎么去享受了。这位妻子受到窗外燕子的感染，有了好心情，并把好心情传染给自己的丈夫，使自己的家庭也沉浸在好心情中，而我们为什么就不能呢？这位妻子因为燕子有了好心情，我们也可以因为花呀什么的，心情好起来。因为好心情是生命旅程中的雨露和阳光，它会让人在倦怠时振奋起积极的脚步，抖一抖身上的尘灰，破冰踏霜，翻过一座山，再翻一座山，蹚过一条河，再蹚一条河……

人生漫漫，昼短夜长，就每一个生命而言，很难都能圆满，都能占尽富足和成功，都能心想事成、无怨无悔。幸好我们能保持自己的好心情，那是我们的权利。我们甚至可以不去看别人的眼色，只要愿意，还可以不论时间与地点，不论他人高兴与不高兴，只要自己愿意觉得开心，就捂着嘴乐吧，以一滴水、一粒沙、一片树叶、一缕风动、一声鸟鸣……渲染我们的好心情。

2000年10月25日　西安太阳庙

出租车上的贫嘴

雨后春笋般崛起的出租车司机一族，是一个城市血脉中最为活跃的群体之一，他们在大街上一年四季马不停蹄地流动着、巡视着，与四面八方的人相接触。不知道大家可有相同的体会，在出租车上，不与司机说话是不可能的，你不说，出租车司机逼着你说，南腔北调，莺声燕语，说出来的话毫无顾忌，反映出来的问题尖锐敏感。当然，城市与城市不同，出租车司机的谈话内容在本质上也有很大差别。

工作性质使然，我去过不少的城市。比如天津市的出租车司机，大多关心的是社会生活，交通啦、下岗啦、足球比赛啦、住房啦，等等。北京市的出租车司机则对政治生活特感兴趣，伊拉克战争啦、朝鲜核危机啦、贪污走私啦，以及各种小道消息。昆明市的出租车司机，所谈离不开他们的民族风情。而呼和浩特的出租车司机，关于草原和酒，关于沙漠和沙尘暴，是两个说不完的话题。广州市的出租车司机，相对要沉默寡言一些，但若说到生意、股票和福彩足彩之类的话题，语言的闸门便忍不住立即提得高而又高，滔滔不绝，没完没了。

总之，出门在外，一个人寂寞无聊，“打的”碰上个同样绕着城市转圈圈无聊寂寞的出租车司机，谁都不会浪费那短暂却又难得的交流机会。唠唠叨叨的贫嘴中，既消磨了时间，活跃了乘车气氛，又能了解当地的风土人情、经济状况和老百姓对官员的评价，还真是会给人不少的受益和联想。

那一次去大连，“打的”上的是一位女司机的出租车。车驶出不远，一身清爽、两眼流波的女出租车司机不无得意地问我：“先生，你说咱大连的街道，为啥这么干净？”没等我反应过来，她已手指着车窗外便道上的柳条筐说：“因为有了它！”

她这一说，让我豁然开朗，这才想起，几天来走遍大连市的大街小巷，还有公园海滩，星罗棋布，到处都是那样的柳条筐，里边罩着黑色的塑料袋，只要你手里有纸屑果皮什么的废弃物，走不了几步，就有一个柳条筐静静地等在一边，十分的方便，即便在人头攒动的旅游季节，也看不见扔在地上的冰棍包装纸和飘在空中的塑料袋。

俊俏的女出租车司机还夸赞了他们大连市种种的好，末了说："一切都要养成习惯。"

此后又去上海"打的"，碰上位很有头脑的中年司机，人长得极具南方味，白白净净，讲起话来一板一眼，精明中透出几分矜持。上车后刚一落座，他就微笑着问："北方来的？"我跟着反问："北方人长得粗糙吗？"他也不急，依然一副笑模样："还没坐稳当，车门已被你重重地关上了。"听得出他没嘲笑北方人的意思，我也便释然了许多，与他聊起上海人的做派来。他的观察真可谓入木三分，让人不能不赞叹。他说上海人又精明又狡猾，职业感强，办事不含糊自我感觉特别好，排斥外地人，但做事情又显得小气，抠抠搜搜，绝不吃亏，小市民气……说着连他自己都哈哈大笑起来。

不错，他的话是有很强的代表性，心里当时就有些服了。可他话题一转，又直夸起他们上海的好来："随着开放和发展，上海人的眼光越来越远了，心胸自然开阔起来，多了一些包容性。不知你们北方人现在怎么看上海人，有些很市民气的东西，在市场经济中，其实并没有错。就说斤斤计较，会算计，也就是我们上海话中的'拎得清'，咱们想想，做生意拎不清行吗？不行。这就是你们北方人的缺点了，大大咧咧，讲义气，豪爽热情，这都没错，可真要摆在生意场上，不吃亏才怪！”

应该承认，这位上海中年出租车司机的分析、对比是大有道理的。回到老家西安，想着在上海几日的感受，打心眼里承认上海人是大气了！

贫嘴中年司机的话，有几句在我心里总是萦绕不去：“在上海‘打的’，动作尽可能缓慢优雅一些；拉车门之前，不要忘了漫不经心地四下望望，然后再舒舒坦坦地坐进去，如此方显你的派头和财富。”说实话，在上海的几日，我还真是按他的话来做的，收效也不错，可我在生活工作的西安“打的”，便怎么也从容雅致不起来了。

我们西安的出租车脏，车外脏，车里也脏，而司机的嘴也不甚干净。也就是从上海回到西安，在飞机场“打的”进城，到北门外塞车，走一阵停一阵，像是一只乌龟在爬。戴着一副深色墨镜的出租车司机很不耐烦，骂骂咧咧不停口，骂道路，骂交警，骂气候，骂环境，骂官员，骂市民……恰巧有一骑自行车的老者抢道，从他的车前急速驶过，他猛地一踩刹车，我的头撞在了车内的隔离网上，好一阵疼痛。而他不管不顾，摘了墨镜，头伸出窗外，冲着已经过去的骑车人破口骂道:“找死呀！汽车不是棺材,盛敛了你。”

当然,不是西安的出租车司机都那一副模样,但与其他城市比起来,总是逊色不少。什么原因呢?想来绝不是一句北方南方的差异就能掩盖过去的,我们最好还是从管理上找一找差距,如此,受益的不仅是我们开放发展中的城市。

家的样子

居住在钢筋混凝土结构的楼宇内，在装饰布置上，可谓费尽了心思，却总是感到难尽如人意，不仅活动空间小，而且缺少阳光的清明和地气的爽朗，尤其在炎炎夏日，更感到热浪滔滔，苦闷难挨。不由怀念起绿荫匝地的农家小院，集纳着乡野的灵气，洒落着沁凉的清新，那是怎样一种舒心惬意的享受啊！

黄土平夯的院落里，有一棵枣树，有一棵桑树。枣树下置了一方捶布石，黑油油的石面光洁如一面镜子。母亲和姐姐织下土布，用心地浆了，在太阳下晒得还余一点潮气，收起来，折成一厚沓的布坯，平铺在捶布石上，母亲和姐姐便会轮换着举起两根枣木棒槌，很有节奏地在布坯上捶打。即使不在小院，老远也能听见母亲和姐姐的捶布声，节奏忽紧忽慢，听着不啻一曲美妙的打击乐。听母亲讲，布坯只有浆了捶了,才更耐穿呢！桑树下置了盘石磨,20世纪70年代以前,石磨还很忙碌,每隔几天,母亲会借来集体的牲口,套在磨道里拉磨,沉重的石磨转起来,轰隆轰隆地响。不知道为什么,我特别讨厌石磨转动的声音,也怕见牲口戴着眼罩绕着石磨转圈的样子,感觉一个鲜活的生命,非被那低沉的声音碾碎了不可。但我极喜欢磨缝里不断流出来的碎麦粉,母亲用簸箕收起来,倒进磨道旁的一个面柜的箩里,咣唧咣唧箩出细细的面粉来,那可是养命的蒸馍和面条啊！更细的面粉飞扬起来,扑在了母亲的手上和脸上,使母亲看起来白了漂亮了。后来通了电,不再用石磨了,到我离家时,石磨还在桑树下盘踞着,显得很沉默的样子。

枣儿熟了会落下来。

桑葚熟了也会落下来。

一个在夏天,一个在秋天。桑葚、枣儿落地的日子,是小院最热闹的时候,母亲会招呼几个大人,撑起一个布帐,摇着树枝,让桑葚、枣儿落下来,接住了,收在一个篮子里,送给一村的人,都尝上一口。

小院里还开着一方小菜园,找来一块一块的半截砖,沿着菜园的周边,狗牙似的栽起来。春上的日子,母亲给小菜园先是施上底肥，把土刨得虚虚的，点上两行豇豆，栽上两行韭菜，又种上几窝丝瓜和油葫芦，以及三两株向日葵。地表的土一干，母亲就浇一遍水，菜苗长出来，扯出蔓来了，母亲就搭起架子来。入夏至秋的一段日子，小菜园的收成，让母亲的锅灶上总是特别的丰富多彩。来客人了，也不用着急，摘一把豇豆，割一撮韭菜，还有丝瓜、葫芦什么的，也采来一些，或清炒，或干煸，或油焖，凑在一起，就是一顿好饭了。如果是稀客，还会摆上酒杯，亲亲热热地碰了，哧溜一声喝下去，脸上便都起了红晕，嘴头上也就放得开了，说一说久不见面的相思之情，聊一聊听来的乡间趣事，这样的日子，是怎样的逍遥自在啊！

好读闲书的我，时常就坐在小院里，任凭蝉儿在树梢上聒噪，任凭蝴蝶从头顶飞过。喝一口凉茶，翻开一本喜爱的书，钻进墨香四溢的文字中去，有滋有味地品读着，忽儿可能手拍膝盖，怒骂出声，忽儿又会眉喜眼笑，自得其乐……这才是家的样子啊！

离家太久了。怀念家的样子，感觉又清晰又模糊，意识里乡下的家便成了一幅绝好的水墨画。

豆棚瓜架、蝶飞蝉鸣的农家小院，宛若世外桃源，梦里已回去了许多次，和已经仙逝的母亲还坐在枣树和桑树下，母亲忙着她的家常，我在一旁读着书。梦醒了，我给妻女说，真想远离喧嚣的城市，抛开碌碌的功名，作别蜗居的楼屋，回到母亲留下来的农家小院里，让心通通透透地安静下来。

2003 年 12 月 10 日　西安后村

日历

印刷考究的月历、年历、万年历，以及电子的、液晶的什么历，我都喜欢不起来，偏偏顽固地喜欢着纸质并不怎么细腻的日历。

每年的元月一日清晨，我做的头一件事，就是更换书桌上的日历。厚厚的旧日历被从日历牌上的金属卡环里卸下来，换上一本厚厚的新日历。换的过程中，心头总会生出一种无法言说的惆怅，觉得那一页一页重叠起来的日历，就是一页一页重叠起来的日子。翻一遍换下来的旧日历，就像翻着过去了的日子，是虚度，是充实，回想起来都是一个味——伤感。信手还要翻一遍新日历，哗哗翻动的纸页里，顷刻会流泻出一股饱满的油墨的芬芳。刹那间，芬芳的滋味让我又十分的快活了，觉得又有了这么一大把的日子！这些个日子都是明天。风和日丽的、充满期待的、生机勃勃的明天向咱迎面而来。

魅力无限的“明天”啊！

不像“未来”，太过遥远了，太过缥缈了。“明天”就不同了，犹如等待在窗外的一朵鲜花，沐浴着月光和珠露，天亮了，人走出门来，会有一个新鲜的发现，会惊奇地去采撷。当然，必须是小心翼翼地去接近，小心翼翼地去采撷，否则，花枝上的尖刺会扎了手呢！

好了。侥幸采撷到开在窗外的鲜花，也不要太高兴；不幸被花枝上的尖刺扎了手，也不要太沮丧。安静下来想一想，鲜花一样的这一天，是怎么过来的。我们是快乐的，这一天就是快乐的；我们是无聊的，这一天就是无聊的；我们是忙碌的，这一天就是忙碌的；我们是充实的，这一天就是充实的……明天会变成今天，今天会变成昨天。我们无法改变昨天，却可以决定今天，憧憬明天。人人都有无奈，生活在一个一个的昨天，一个一个的今天，一个一个的明天，被一日一日的生活所选择，而我们也在一日一日地选择着生活。

来也匆匆的日子，去也匆匆的日子，所有的日子都神秘地隐现在一页一页的日历上。那薄薄的日历纸就很沉重了，每翻过一页，那一页就成了记忆。满意也好，遗憾也罢，确实是无可奈何的了。也许正是这样,我们面对日历才会感受到岁月的紧迫和虚无,总想抓住些什么。

急吼吼伸出手来,是一双磨出厚茧的农民的手,再瞅瞅日历,寻思多会儿到清明！农谚说得好,清明前后,种瓜种豆,种瓜得瓜,种豆得豆。看了日历,心里有了底,开始施肥了,开始整地了,播种前的一切准备都不敢马虎。人哄地一时,地哄人一年,到头来一场薄收,饿了肚子找谁喊冤去？找翻过去的日历吗？日历是沉默的。

急煞煞伸出手来,是一双嫩白的城里人的手,瞅瞅今个儿是几号？是周几？双休日了,把脱下来的脏衣服洗了,到老人家里去问候一声,安排孩子早上读英语补习班,下午读数学补习班,自己也盯空儿读读书,充充电,好在未来的日子去拼搏。日历成了人的参谋和助手。手翻着日历,把日子过得张弛有度,把生活安排得祥和愉快。

然而,这实在是一个太过奢侈的愿望。不要说翻过一页日历时,我们可能是忧伤的;不要说翻过一页日历时,我们可能是懊丧的;不要说翻过一页日历时,我们可能是失望的;不要说翻过一页日历时,我们可能是悲痛的……就是那重复着的庸常的日子,也够受了,回想起来,既空洞无物,又黯然无色。越是人到中年,或者人过中年,这样的感觉越是强烈。于是乎，我们就不能不说那个非常人本的话题了——记忆。庸常的日子，是很难被记忆的。好在我们有一本一本的日历，可以帮助我们，因为记忆，我们才有了积累得厚重的智慧和理智。这是一种生活阅历和经验，是我们自己独有的，别人拿不去，花钱也拿不去。不是你不想出售，实在是个人的阅历和经验，都记录在了你的日历上，都是你曾面临的、经受的，以及我们自个儿的所作所为，改变了我们的和被我们改变了的。我们想卖都卖不出去，只有像秋天的落叶一样，一起发黄变老。变成泥土，孕育出一个新的明天。

是啊！我们不能老是被动地去记忆，还应该尽可能地主动一些，用我们的行动、我们的情感、我们的忠诚、我们的责任感以及创造性，来记忆日历上的每一个日子。如此，我们的日子才有了深度和分量，就会日新月异，丰富多彩，充满活力。

2003 年 11 月 29 日夜　西安后村

第三辑　知常情怀

家教

一切为各区域、各阶层人所尊崇的宗教，有没有一个共同的原始宗教呢？我不敢说有多深的见解，但我们只要深入进去，身体力行，全神贯注地去探讨，就会有这样一个体会，家教该是那个让人都要遵守的原始宗教呢。

一度被我们鄙薄而今又为我们推崇的家教，就是这么任性，就是这么不讲理。我追着央视的“记住乡愁”专栏，赶上了是一定要看的，那遍布全国各地的经典村寨，以各不相同但又基本相同的家教理念建立起来的村社文明，确是值得我们发掘和发扬的。六尺巷的故事，流传得很久也很广，言说清朝康熙年间，在京任文华殿大学士兼礼部尚书的桐城张英，收到一封老家来的家信，极言他们家与邻居叶家在宅基地上发生了争执。两家旧宅都是祖上的基业，时间久了，本就是一笔糊涂账。欲占便宜的人，最是好算糊涂账，不分彼此，往往都只相信自己的算计，全然不顾他人的感受。两家纷争起来，各说各的道，各讲各的理，谁都不肯相让。地方官因为事涉当朝尚书，也不愿插手其中，便是街坊邻居，同样怕惹是非，而不敢轻易插话，致使纠纷越闹越大，家人没了办法，飞书京城，欲求张英招呼地方官员“摆平”叶家。张英如果听信家人请求，完全可以实现自家的期望，可他阅罢家书，只是捻须一笑，挥笔在书案上的一方书笺上，写了一首打油诗。诗云：

千里捎书只为墙，让他三尺又何妨。
长城万里今犹在，不见当年秦始皇。

飞书来京的家里人，把张英的打油诗火速带回老家。家里人见信喜不自禁，以为定有什么解决纷争的强硬办法，拆开来看，却是这样一首打油诗。心里扫兴着，仔细想来，却也唯有一个“让”字，是解决问题的最佳措施。他们遵照张英的打油诗，自己主动拆除墙垣，先让出三尺来。“宰相肚里能撑船”，尚书的打油诗和他们家的忍让举动，感动了与他家争执的邻居一家，他们热泪盈眶，也自觉推倒围墙，向侧旁让出三尺。张、叶两家合计让出的六尺巷子，不仅使邻里关系和睦，还方便了大家的出行，让人们思索至今，无不从中获益。

今年的春晚，赵薇的一首歌，更是唱绝了六尺巷的历史蕴涵以及现实需求：

我家两堵墙，前后百米长，
德义中间走，礼让站两旁。

我家一条巷，相隔六尺宽，
包容无限大，和谐诗中藏。

这是家教的力量了。人少了家教，或者欠缺家教，就不可能有那相让出来的六尺巷。

家教是一种内修，讲究的是仁义，还有忍让。但要葆有这一美好的品性，是祖祖辈辈言传身教，才可能实现呢。英明的张英做到了，著名的司马光也做到了。神童司马光砸缸泄水救同伴的故事，家喻户晓，但是我们要知道，他也是会说谎的。

成人后事功彪炳的司马光，年少时还不只一次说谎，民间传说和历史记述的就有三次，一次是他剥花生皮的事，一次是他作文抄袭的事，另有一次是他吃核桃除核桃仁皮的事。《弟子规》所云“过能改，归于无；倘掩饰，增一辜”，说的就是这件事。一次，他跟姐姐一起剥核桃吃，核桃仁上的那层薄皮入口又苦又涩，却很难剥净。姐姐的办法好，让他把核桃仁浸在碗里，用水泡一会儿再剥，薄皮变软发胀，就能很好地剥出白亮亮的核桃仁吃了。司马光如法炮制，吃得那叫一个美。姐姐有事出去了，父亲司马池来了，看见司马光剥除核桃仁皮的办法很有效，就问他是谁想出来的办法？司马光随口说是他呀。司马池得意儿子司马光的聪慧伶俐，就大大地夸了他一番。正夸着，司马光的姐姐进来了，向父亲证实了这种剥核桃仁皮的方法，不是弟弟想出来的，也不是她想出来的，是后厨的一个丫鬟给她说的。为此，夸着儿子的父亲转换了语气，当即把司马光狠狠地批评了一顿。

说谎被父亲批评，司马光记在了心里，决心做一个诚实的人。为了堵住说谎的嘴，长大后，还自觉给自己取了个字，叫作“君实”。大家把他“君实”的字叫在口上，让他时刻注意着，什么时候都必须诚实守信，正直无私，廉洁奉公。他坚持这么做，还要求他的子女也要代代相传，一直这样做下去。

及至有了儿子司马康，官做得很大、名望也很高的司马光，唯见儿子受母亲溺爱，在吃上，尽可能的精细，在穿上，尽可能的光鲜。于是司马光劝说了他的妻子，并写了一篇《训俭示康》的文章，要司马康认真习读。这篇家训式的文章，从司马光自己年轻时受家父教诲，不喜华靡，注重节俭的经历说起，批评了近世风俗趋向奢侈靡费、讲究排场的错误现象，指出大贤的节俭，有其深谋远虑，非奢侈庸人所能及的道理，深刻地说明了“俭能立名，侈必自败”的终极至理，使儿子司马康幡然悔悟，后来勤俭自励，成长为有宋以来，文武兼备的一个大才。

人非圣贤，孰能无过。

我举例的六尺巷故事，以及司马光三代人的成长经历，都在证实，家教文明，于一个人，一个家庭，及至一个国家，是何等重要啊！凡历史上有功德且为人师表的大贤臣圣，谁不是注重内修，加强内修而成长起来的？我不敢把我家的家教与张英、司马光家的家教类比，但我以为也是值得总结和写出来的。

不知道我的祖爷爷是如何教养我爷爷他们的，但是听说了我爷爷是怎么教养我父亲他们的。我的大伯二十岁出头，就已做了陕西靖国军的一个营长，家里翻修上房，爷爷捎话，要大伯回来看一看。话捎去了，却一直不见大伯回来，爷爷等着大伯，一直等到上了梁，浇了木，铺上苇箔往房顶上复泥列瓦的日子，大伯才回来了。大伯后来抗日牺牲在了黄河东岸的中条山，我没有见过大伯，但家里有他一幅戎装的遗像，佩刀带枪，还戴了一副圆圆的黑框眼镜，十分的英武，十分的帅气。从大伯的遗像可以看出，他生前的气羽是何等不凡，但爷爷捎话让他回家，他回来了。

回家的大伯，骑了一匹枣红色的大马，还随身跟着一位马弁和两位勤务兵，像一股大风似的从入村的道路上刮过，并刮过村街，回到了我家门口。出息成我大伯这样的男儿，在我们村是少见的，他是爷爷的骄傲，也是村里人的骄傲。为爷爷骄傲、为全村人骄傲的大伯绝对没有想到，他在我家门口跳下马来，还没把带回家的银元送到爷爷的手上，闻讯赶到他身边的爷爷，就抡起沾满泥巴的铁锨，一锨把他拍在了地上。大伯没说什么，站起来把装着银元的一个帆布挎包往爷爷怀里一塞，自己脱了鞋袜，挽起冲锋尼的军裤，跳进旁边的一堆草泥里，深一脚浅一脚地踩起来。家里翻修上房，踩泥是个霸王活儿，大伯想要以此消除爷爷的愤怒。可是一点作用都没有，爷爷把大伯送到他怀里的银元挎包"嗵"地扔进了草泥中，抡着他手里的铁锨，扑过去拍打大伯。随大伯来的马弁和勤务兵，哪里见过这样的阵势，在部队上，从来都是大伯威风凛凛地教导训诫他们。这样的大伯兴冲冲回到家，茶没喝一杯，饭没吃一口，即被家里的老人打得在草泥里乱踩，他们看不下去，同时也是因为责任，就团团地围上去，把爷爷拉住，让他打不着大伯。

爷爷打不着大伯，身子受到围困，但他的嘴是自由的，他大骂大伯少教无理。你出息了，有本事了，回来给我作势呢？回来给村里人作势呢？

大伯的马弁和勤务兵劝说着怒骂的爷爷，一个说我们首长不是回来了嘛！一个说我们长官公务缠身！一个说我们头儿事情多！三个人的劝说，没能劝住爷爷，爷爷骂得更起劲了，满嘴的唾沫，骂我大伯，你首长了？你长官了？你头儿了？你就这么当首长？你就这么当长官？你就这么当头儿？爷爷骂着，把沾泥的铁锨往自己身上猛地拍了一下，责骂自己"子不教，父之过"，说他不把大伯教好了，他还怎么给人当首长、长官、头儿！

大伯被爷爷的一铁锨以及一通大骂拍醒了、骂醒了。他从草泥里出来，牵了他的枣红马，赤脚从村街上走过，走到出村的路上，一直走出去三里路，在路边，把自己腿脚上的泥擦去，穿上马弁和勤务兵给他拿来的鞋袜，整理好衣扣，戴端正帽子，让马弁和勤务兵落后他一段距离，他在前头走，马弁、勤务兵在后边跟。一步一步，重新走上进村的路；一步一步，重新走上村街；一步一步，重新走到我家门口。走到爷爷的跟前脱去军帽，给我爷爷跪下去磕了个头，被我爷爷扶起来，双手相携，这才进了我家的门。

大家庭惯骡子，小家庭惯娃娃。爷爷说过这句话没有？我没听说过，仅从他教训大伯的事上，可以知道，他是不会娇惯自己娃娃的，无论他的娃娃是年纪尚小，还是已经成人，如果无教或者失教，都不免受责。

我们家是个大家庭吗？在乡村社会里，应该算得上的，曾经的日子，我家的牲口圈里，有骡子有马，听说被饲养得油光水滑，很是得宠受惯。到我爷爷去世，我父亲他们一辈分门立户，都有了自己的小家庭，但大家庭生活的规矩却丝毫未变。我父亲对我们兄弟姐妹的教养，抓得似比我爷爷还要紧。这应验了父亲挂在嘴上的一句话："房檐水不离旧窝窝。"

的确是，前次降雨，从房檐的瓦槽里落下的雨珠，砸在房檐下的那个窝窝里，再次降雨，再再次降雨，从房檐瓦槽里落下的雨珠，绝对不会偏离原来的窝窝，叮叮咚咚，叮叮咚咚……都会端端正正地砸在旧窝窝里。父亲继承了爷爷的禀性和规矩，他自己做得就很好，因此教养我们一辈，自然不会有半点松懈。我在兄弟姐妹们中最小，看在眼里的情景是，父亲常常因为一些小事，就要拽着哥哥姐姐的胳膊，到村里人家门上，按着哥哥姐姐的脑袋，他自己向邻居赔礼，哥哥姐姐向邻居认错。

父亲去世早，没能如爷爷那么轰轰烈烈地教训我大伯那样教训我们，但就经常拽着哥哥姐姐的胳膊，上门向邻居赔礼认错，让年龄尚小的我也是很震惊的。因为我知道，哥哥姐姐许多次向人赔礼认错，不都是他们错了，反而他们赔礼认的是别人家孩子的错。就这个问题，哥哥姐姐与父亲讨论过没有，我不知道，少小懵懂的我，就曾严肃认真地问了父亲。

我问父亲："哥哥姐姐没错，为啥还要给人赔礼认错？"

对我的发问，父亲像早有准备似的说："赔礼认错，叫你娃娃低人一等了？没有，反而你哥哥姐姐在人眼里还会高人一等。"

我父亲坚持着他从爷爷那里继承来的规矩，严格地教养着我们，便是我的母亲也一点都不马虎，她站在父亲一边，支持父亲对我们的教养。母亲从她自身出发，教育她的孩子时，仿佛与父亲分了工，她对我的两位姐姐教养得尤为上心，不论锅上灶上，还是纺车织机，以及待人接物，都要求得很严，抓得很紧。母亲有一句话，说得咬牙切齿。她是说给我的两个姐姐的。

母亲说："我不能把你俩推出门，让人家说我把你俩生下来，在窗台上晾了晾就给了人吧！"

家教在一个家里，就是这么没理而有理，就是这么无用而有用。

2016年3月10日　西安曲江

家道

中华古之哲学所谓一个“道”字，是很需要认真领悟的。老子的《道德经》第四十二章，明确提出“道生一，一生二，二生三，三生万物”。这该是老子对人类的伟大贡献，他认为道即是自然，自然也就是道，一切莫不如此，“日月无人燃而自明，星辰无人列而自序，禽兽无人造而自生……”老子的自然观，就是这么强势，数千年来，不仅获得了中华文明的高度认同，也获得了世界文明的普遍认同。

那么由老子的“道”而生发出来的“家道”呢，自然又长期为世道人心所推崇，并且发挥着巨大和深远的作用。

我们必须承认，“家道”这个我们遵守维护了数千年的治家原则，有一段时间表现得有点式微，受人冷落甚至唾弃。现在，是时候重新唤回“家道”的尊严了，使其融入我们的日常生活，指导我们为人、成家的方向。

就我的认识而言，“家道”所指，其一为“成家之道”。隋朝王通在他的《文中子·礼乐》篇中说：“冠礼废，天下无成人矣；昏礼废，天下无家道矣；丧礼废，天下遗其亲矣；祭礼废，天下忘其祖矣。”几百年过去了，到宋时的秦醇，亦在他的《谭意歌传》中强调：“治闺门深有礼法，处亲族皆有恩意，内外和睦，家道已成。”倏忽之间又是几百年，清代的刘大櫆在他的《卢氏二母传》里再次重申：“嫡妾之义不明，则家道乖而父子之恩绝，兄弟之伦废矣。”

前人之于“家道”的论说，或许有他们的局限性，但不影响他们对这一命题的基本立场，是值得我们肯定的。其上为一说。

其二为“家业和家境”。正如《梁书·明山宾传》云：“兄仲璋婴痼疾，家道屡空。”宋人罗烨《醉翁谈录·红绡密约张生负李氏娘》云：“才经三载，家道零替，生计萧然，渐至困窶。”

那么其三是怎么说的呢？大抵指向“家庭的命运”。宋人蔡絛《铁围山丛谈》卷四云：“兄念家道，死丧殆尽，今手足独有二人。”《红楼梦》第九十五回云：“探春心里明明知道海棠开得怪异，宝玉失得更奇，接连着元妃姐姐薨逝，谅家道不祥，日日愁闷，那有心肠去劝宝玉？”

引经据典，是我作文的一个短处，唯恐引据有误，害人害己。但我来写“家道”,忍不住非要引、据不可了。引据这么三项,我们大概可以知道“家道”的基本意蕴了。那么,我将怎么继续往下写呢?我想从我的生活阅历中,找出几件活生生的事实来写,才可能写得鲜活,写得有趣。

20世纪60年代初,村里许多人家,为了一口吃的,什么样的事都干得出来,耕役的牛,想方设法在它还有点膘的时候整死,以便上报公社,宰杀后吃牛肉。挖蔓菁,剥榆树皮,碾玉米芯子等充饥的伎俩,更是都用上了,却还是叫人饥肠辘辘,家人见了面,都说对方的眼仁是绿色的。在这样一种饥馑的状况里,细心的村里人发现,村头上的那户“殷实人家”,几天了,不见他家烟囱冒烟。这叫村里人好不焦虑,知道他家是断炊了。

断炊即意味着死亡!

是夜,小小的我睡得正酣,可是我的父母不让我睡,把我叫了起来,让我穿上衣服,拿了两穗玉米棒子,投到断炊的那户人家去。那是两穗新鲜的玉米棒子,嫩得一掐一泡水,煮了或是烧了吃,可是非常香的呢!我不知道父母是从哪儿得到这两穗嫩玉米的,也不明白为什么要让我们饥着肚子而把好吃食投进那户人家。我不知道,不明白,但架不住父母的指派,穿上衣服,拿着玉米棒子,乘着暗夜往村头走，我走着回了几次头，发现父母远远地跟在我的身后检视着我，看着我走到村头那户人家的院墙边，把两穗嫩玉米棒子投进了人家的院子里。父母等着我，等我回头走到他们跟前，他们把我抱起来，抱回家继续睡觉。

来日天明，那家的烟囱里冒出了一股炊烟。

从此以后，那家的烟囱里再没断过炊。许多年过去，土地重新分配给了个人，他们才说，家里断炊要饿死人的日子，先是有人给他家投嫩玉米棒子。有了头一次，后来接续不断地有人投玉米棒子或是红芋、土豆什么能吃的东西。他们说，他家感激村里人的这一份好心。

时至今日，我从来没有告诉过别人，往他家投送嫩玉米棒子的人是我。可后来又是谁？又是怎么往他家投送的食物？后来我从父母的嘴里知道，这是有原因的，村里人这么做，都是为了报答。

他们家家道好，为人心善。

父母亲这么说他们家，村里人也都这么说他们家，哪怕是以阶级斗争为纲，把他们家划分到敌对阵营里的时候。因为他们家“家道好”“心善”，为村里人赞许，所以在那个残酷的斗争形势里，他们家本应面对的问题被村里人在暗夜的掩护下，人性地抹平了。

父母监督我投送到他家的嫩玉米棒子，是父母偷来的；他人投送到他家的嫩玉米棒子、红芋、土豆什么的，也是偷来的。“偷”在那个特殊的时期，一点都不为耻，事后说起来，虽然脸上要飞起一抹红晕，但心里却自有一份荣耀。

真相在一步一步地揭开，原来是村里人用自己很不光彩偷来的食物来回报这个家庭，是因为他们于1929年和1932年关中大饥荒的时候，也用这个方法救济过村里人。

白天客来客往，大红绸布装饰着门脸的殷实人家，儿子新娶了媳妇。是夜洞房花烛，新婚缠绵的小夫妻，听到院子里有人在走动。小夫妻当成了来人听房，开始没当回事，慢慢地听出问题来，听房的人不但不扒他们洞房的窗口，反而是刻意地躲着他们洞房的窗口。小夫妻想要察看个究竟，穿衣开门，他们小夫妻看在眼里的情景是，有几个人借口听房偷窃白天宴客剩下的蒸馍和面条。小夫妻看着偷窃的人，偷窃的人看着他们小夫妻。就在这个紧要关头，新婚夫妻的父母房里灯亮了，父母似乎也听出了院子里的异常，想要出来察看。千钧一发之际，新婚的小娘子扯了一下小夫君的袖口，说话了。

小娘子说：“听房吗？听房就大胆地听，到我们洞房里来，房里有烟有糖果，大家也可尝一口。”

小娘子说着，还动手去拽偷窃蒸馍和面条的村里人，把他们拉拽进了他们的洞房，让他们逃过了被新婚小夫妻父母察看捉拿的风险。最终，小娘子撺掇新婚丈夫假戏真做，嘻嘻哈哈，打打闹闹，把偷窃他们家蒸馍和面条的村里人，大摇大摆地送出门。便是这样，新进门的小娘子还觉不够，又撺掇她的丈夫，把村里人未能偷窃出去的蒸馍和面条，用村里人偷窃时盛装的布袋装好，隔着院墙，投送到了院外，让来偷窃的村里人带走。

这件事情早先没有传开，有了村里人给年老后的小娘子投送嫩玉米棒子、红芋和土豆等故事后，才在村里传开的。我就听我的父母在家里说过，而且不止一次地说，父母监督我头一回给年老了的小娘子投送嫩玉米棒子回到家后，就给我说了这个没有传开的传说。

父亲说："人家家道好的时候，没有看着村里人家道不好就不帮助大家。"

母亲说："人家如今家道不好了，咱要凭良心帮助人家。"

知恩报本，孝悌睦邻，家道就这么在我们村传承着，当然也在我们村的许多家庭里传承着。另一个发生在我家的传说也十分典型。传说我家祖奶奶的奶奶，受穷抓养了三个儿子，儿子大了，都娶了妻成了家，祖奶奶的奶奶，家大业大，生意做出了村子，做出了州省，做到了四川、贵州、云南等省份，祖奶奶的奶奶觉得她的年纪大了，想要在三个儿媳里发掘一个帮她理财助力的帮手，到她百年的时候也好把管家的钥匙传下去。祖奶奶的奶奶把她的三个儿媳叫到她房里，给了每人一张麻纸的蚕种，说她要出门去，巡查家里做在各省的生意，要儿媳妇们在家不要荒闲，把她给她们的蚕种孵出来，好好养蚕，等她回家后，谁养的蚕收成好，谁就来做她的助手，帮她掌管家财带钥匙。

祖奶奶的奶奶，安排好儿媳们的营生，便头也不回地越秦岭，去四川，到贵州，上云南……熬了三个多月，回到家来，头一件事是验收三个儿媳的养蚕成果。祖奶奶的奶奶一房一房地走，一房一房地查验。她看见大儿媳的蚕茧收成最多，在她的房里堆积如山；二儿媳的少一点，但勤快的二儿媳已经把蚕茧煮在锅里，抽成了一束一束光光亮亮的蚕丝；到三儿媳的房里，祖奶奶的奶奶，没有看到蚕茧，也没有看到蚕丝，她只看到一张废在一边的蚕种麻纸和一张新的蚕种麻纸。废弃的蚕种麻纸，是她离家时交给三儿媳的，新的是三儿媳自己买来重新孵化的，而且已有密密麻麻的蚕虫破卵而出，被三儿媳用一羽鸡的尾毛轻轻地扫着，扫到她的手心里，捧着放进铺了鲜嫩桑叶的一面竹箩里……外出的婆婆回家来，查验她们妯娌养蚕的收成，三儿媳没能把婆婆交给她的蚕种孵化出来，正愧悔着，面对查验成果的婆婆，她没有脸红，也没有不好意思，坦诚老实地说是用了心的，但再怎么用心，都没能使婆婆给她的蚕种孵出蚕宝宝来，她没有办法，自己掏钱买了一麻纸蚕种，用了一样的心，这才把蚕宝宝孵化出来了。

祖奶奶的奶奶，作为婆婆把她的三儿媳拥到了怀里，牵着她的手，把她拉到了她的房间，同时差人叫来了大儿媳、二儿媳，并向她们说了三儿媳的情况，要她俩说说她们是如何孵出蚕宝宝，如何养蚕宝宝，如何收蚕茧，如何缫出来蚕丝。大儿媳没有客气，大言不惭地说她如何辛苦，如何费神，如何上心，把婆婆给她的蚕种孵化出来，养大养肥结出蚕茧；二儿媳像大儿媳一样，也是面不改色心不跳地说了她的付出和劳动，收获了那么一些蚕丝。两个儿媳说完了，作为婆婆的祖奶奶的奶奶冷冷地笑了一下。

祖奶奶的奶奶说了：你俩倒是有办法，把我在开水锅里煮过的蚕种都能孵出蚕宝宝来。我不信，你俩信吗？

两个做谎弄谎的儿媳，低下了头，看着婆婆把她腰间挂着的账房钥匙取下来，很是庄重地交到了三儿媳的手上。

祖奶奶的奶奶给她的三儿媳说:“家道唯诚,家道守信,财认诚信人,钱找诚信人,你要牢记在心里。”

祖上的这一传说,在我们村上一直流传着,到现在依然传说得有鼻子有眼,且在许多时候,还产生着非常积极、非常正面的影响。便是“文化大革命”时期,我们家族里,二大伯过世了,父亲过世了,陷入空前的绝望之中,也是因为我们家的家道为人称道,活着的人才没有受太大的罪。到我们兄弟姐妹长到谈婚论嫁的时候,总是有人主动找上门来,给我的哥哥们说媳妇,给我的姐姐们说婆家。

我几次听到我妈对来提亲的人说:“我家情况你知道。”

我妈的意思是说我家的情况不怎么好，要提亲的人心里有底,不敢耽误人家。提亲人听得懂我妈的话,他们不等我妈把话说完,就截住了我妈的话。

一个提亲的说:“我们心里有底,你家家道没得说,好着哩。”

另一个提亲的说:“好着哩,好着哩,你家家道好着哩!”

原来的乡村社会,一个家庭的家道,是不论贫富的,家道好,贫也不会被人嫌弃,家道不好,富也难以受人尊敬。

这是一个家庭外修的结果。

2016 年 3 月 12 日　西安曲江

家风

“云遏秦岭酝酿雨，竹扫轩窗议论风。”在秦岭北麓的大峪和库峪之间，有个叫魏家岭的小山梁，居住着百余户人家。去年西安大热的时候，朋友武强开车拉我入秦岭避暑，路过魏家岭，我觉得这里的风景不错，就和执掌村政的村长商讨，把他新建的房子租下来办了个农家书屋，同时还挂了“吴克敬工作室”和“吴木匠作坊”的牌子。吴克敬就是吴木匠，吴木匠亦即吴克敬。我初来这里，眼看对面的山色，回听身后的竹喧，没怎么多想，就想作为我此后写作和木作的地方，拟写了这样一副对联，刻成板子，挂在了门两侧。

从乡村进入城市，吃了多年城市的市场饭，喝了多年城市自来水的我，年过花甲，又回到乡村来，我有一种发自内心的喜悦。

我体会到了风的吹拂，如我对联里写到的竹风一般，既是自然的,也是精神的。网络搜索,自然的风的定义是由空气流动而引起,是太阳辐射热的产物。那么精神的风呢?网上搜索没有找到答案,但我知道它比自然的风要丰富得多,广阔得多。士风、乾风、宗风、乡风等“风”在后的说教,多如牛毛;再是“风”在前的风气、风尚、风俗、风情等,更是多如星辰,不计其数了。

我要讨论的“家风”自然也在其中。

那么何为“家风”?网络搜索的答案多种多样,有人说:“一个词,一句话,一个家里的故事,一段家庭的记忆,都是自己家家风的呈现。”有人说:“家风就是家中代代相传的精神风貌。”有人说:“家风是包罗文化密码的家族文本,是建立在中华文化之根上的集体认同,是每个个体成长的精神足印。”关于“家风”的说法,我在网络搜索里发现还有很多,之所以列举这三个人的说法,是因为我认同他们,认为他们说得对。

村邻家的一个故事,就很能说明问题。

村邻兄弟姐妹五人,父亲去世早,是母亲拉扯着他们,把他们拉扯大,男孩娶了妻,女孩嫁了人。母亲完成了她的使命也老了,老得做不了活儿,用他们母亲的话说:“都是我年轻时活儿累遭的罪,到老了都来了,腿痛胳膊痛,脑瓜子也痛,我成了娃娃们的累赘,成了娃娃们的祸害。”因病痛趴在炕上的老母亲,由她的儿女们轮换着养,大儿子一个月,二儿子一个月,三儿子一个月,乡村里的习俗,嫁出门的女儿可以不尽赡养父母的义务,但也不能一点孝都不尽呀,所以,大女儿过段时间,把母亲接到她家里养些日子,二女儿也把母亲接到她家里养段时间……一年两年地轮换下来,出问题了,大儿子养了母亲一个月,到二儿子接的时候,二儿子没有来,好容易找了来,接回去养够一个月,到三儿子要养的时候,三儿子不见了踪影。好在还有大女儿、二女儿,捎话接了去,两边养了一段时间,姐妹俩把母亲用架子车拉回到我们村子里来,往她们大哥家送,大哥没说什么,大嫂挡在大门口,给两个嫁出门的妹子说:“老三还有一个月养娘的日子,他还没养,你俩把娘送老三那边去吧。”

老三的确没尽他养娘一个月的义务,姐妹俩没和大嫂拌嘴,拉着老娘去找老三,在老三的家门口,结结实实地吃了个闭门羹。老三家的大门上挂了一把大铁锁,仔细看,锁上的时间不会久,姐妹俩就等在大门外,等到天黑,都没有等回老三。姐妹俩没办法,加之等人等得时间久,口渴肚子饿,就又拉起老娘往老大家里去,老大家的大门上,像老三家一样,也挂了一把大铁锁。姐妹俩口渴肚子饿,那么老娘呢？身体本就病弱,自然比两姐妹还要口渴肚子饿。

老娘闭着眼睛不说话。

姐妹俩连吃两家闭门羹,心急火燎地再去老二家的门上。老二家的大门倒是没挂大铁锁,姐妹俩拉着老娘,去推老二家的大门,轻推不开,重推不开,这就敲上了。先轻敲,后重敲,轻敲没人开门,重敲还是没人开门,姐妹俩泄气了,落泪了。看着闭眼不说话的老娘,姐妹俩说上了。

姐姐说:“我哥他们是娘养的吗？”

妹妹说:“是娘养的,咋能这样呢？”

村里看到她们姐妹的好心人，这时端来了热汤热菜,让她们母女吃用,唉声叹气,却没人说啥。姐妹俩陪着老娘,就在老二家的门楼下,坐等了一个晚上。来日早晨,为娘的说话了。

老娘说:“你俩都回去吧。我看他们还能饿死我不成。”

姐妹俩听从了老娘的话,抹着眼泪,三步一回头,两步一回头地走了。三日过去,姐妹俩想来娘家看看情况,但两人还没动身,就等来了报丧的人,说她娘死了。

娘是怎么死的呢？姐妹俩哭喊着到了娘家,听人说三天三夜,病弱的老娘,这一黑爬到大儿子家的门楼下熬一夜，下一黑再到二儿子家的门楼下熬一夜，又一黑又去三儿子家的门楼下熬一夜。到死的时候，没有爬在哪个儿子的门楼下，而是自己挣扎到大街上，死在街头了。

老娘死得恓惶，死后却埋得红火。

三个儿子出钱，吹手班子、戏班子都请到门上来，杀猪宰羊的待承街坊邻里和亲朋，把母亲热热闹闹地送进坟地。这是我们周原人的风俗，谁都要走这一步。他们兄弟姐妹葬埋了老娘，三年过去，到了母亲忌日，还是要再杀猪宰羊的，再把街坊邻里和亲朋们请来，叫上吹手班子、戏班子，吹吹打打热闹上一天，吆五喝六地吃喝上一天，到坟地去，架起纸火，把兄弟姐妹们穿了三年的孝衣卸下来，投进纸火里烧掉，兄弟姐妹们就算是尽了孝，就算是把丧母的一场悲情事扔过了头。可是，三年的孝衣，要卸下来不是由兄弟姐妹自己卸。这是千百年来遵守的一条乡村礼俗，兄弟姐妹身上的孝，是要他们娘舅家的长辈来给他们卸的，是孝帽脱孝帽，是孝鞋脱孝鞋，是孝服，就一颗纽扣一颗纽扣的，由娘舅家的长辈给他们解开来，脱下来，烧了去。

然而没有，娘舅家的人，老的小的，像是忘了还有这么一场事似的，没有给他们兄弟姐妹卸孝，齐刷刷地跪在他们家老姐姐的坟前，扯了一声长哭，磕了一个响头，站起来,拍拍膝盖上的土,就从坟地里走开了。

娘舅家没给他们兄弟姐妹卸孝。

没有卸孝是一种态度,向世人表明,他们兄弟姐妹都是不孝之辈。

不孝的罪名压在他们兄弟姐妹的头上,几十年过去,都没脸抬起头来。前些日子,村里有人进城来办事,找了我,给我又说了这件事。来人说了,当年的事情重复到他们自己身上了,他家老大,也是三个儿子,两个女儿,他像他老娘一样,现在又轮着在几个儿子的家里去养了,在几个儿子交接的晚上,像他老娘一样,就在被交接儿子的门楼子下过夜了。

我听得心酸,说:“他们家的家风如此,怪不得他人。”

来人与我感同身受,说:“这种不好的家风,什么时候是个头呢?”

来人的慨叹,正是我的慨叹。社会发展到今天,家风问题不是弱化了,而是在强化,好像是,走到哪儿,都能听到儿女不孝、老人受虐的事情。因此很多电视节目报道此类型问题,为的是教育人,规范人,要尽好自己为人子女的义务,收效却似乎并不怎么明显。

许多年了,萦绕于胸的这个问题,总是让我想起我们各自家族的祖坟，还有我们各自家族的宗祠。

现在的社会，谁家还有自己的祖坟呢？谁家还有自己的宗祠呢？我能知道的是，孔子孔圣人的祖坟和宗祠还在，孟子孟亚圣家的祖坟和祠堂还在。还有一些特殊人家的祖坟和祠堂也在，除此之外，一切庸常人家的祖坟和宗祠都不在了。

我要说，我们的祖坟，可是安顿我们灵魂的地方呢！还有，我们的宗祠，可是安置我们精神的地方呢！

人啊，魂不附体，失魂落魄，才可能失去人的本性；人啊，精气不在，神气散失，才可能失去人所应有的面目。

良好的家风，正是人灵魂和精神的凝聚，并如风一样，给人以滋养，给人以信念。

我是一个木匠，距我的“吴木匠作坊”不远，曾有一位盲人木匠，他叫魏旦旦。1994 年春，我从咸阳日报调进西安日报，在来西安上班的 59 路公交汽车上，耳闻了盲人木匠魏旦旦的故事。

我因为曾经的木作经历，耳闻魏旦旦的故事，就特别惊奇。我能想象，一个盲人可以成为一位杰出的音乐家，譬如创作了《二泉映月》的瞎子阿炳；我能想象，一个盲人可以成为一位伟大的诗人，譬如创作了《荷马史诗》的荷马；

我能想象，一个盲人可以成为一位博识严谨的史学家，譬如坚持“自由之思想，独立之精神”的陈寅恪……我能想象出一个盲人可以成就的种种辉煌，唯独不敢想象一个盲人可以成为一位受人尊重的木匠。

木匠行里，一根墨线是准绳。

盲人看不见那一根墨线，他怎么走锯？他怎么凿卯？他怎么接榫？还有扯钻钻眼、平缝合板等木匠要做的工序技能，哪一样是没双好的眼睛做得了的？可是，言传的人说得言之凿凿，不由我不信。我向言传的人问了魏旦旦的地址，到西安日报上班的头一天，就骑了一辆自行车，去了长安县的魏旦旦家，和他交流了一个上午。

魏旦旦先天只是一只眼盲，好的那只眼睛，因为一次意外，亦不幸地致盲了。使他眼睛致盲的人是个木匠，他主动承担起了魏旦旦的养育之责，并在长期的养育过程中，教会眼盲但悟性很高的魏旦旦，掌握了许多盲人能够使用的角尺、刻线等必要的专用工具，成为一个受人敬重、被人信任的好木匠。

魏旦旦在我搭手给他拉锯时，敏感地意识到我有木作经历，所以他给我说起他自己来，没了一点障碍。他说，他有一段时间，特别仇恨使他眼睛致盲了的义父。是哩，自觉承担了魏旦旦养育之责的老木匠,后来在魏旦旦的强烈请求下,被拜为了义父。魏旦旦说:“义父不容易哩,他不放弃自己的责任,教会了我的,不只是木匠手艺,还教会了我很多做人的道理,使我知道‘人活一口气,人也活一口饭’。他让我的眼睛盲了,却又让我学到了这么多东西,我还能恨他吗?”

“义父是我的恩人哩!”

知恩报本,在魏旦旦这里得到了最真切的体现。他娶了妻,生了子,两子一女,日子过得温馨又安逸。义父病了,是他端屎接尿地侍候义父;义父去世了,是他穿白戴孝给义父送的终。我把我采访到的魏旦旦写了个通讯,不到一千字,突出了“人活一口气(精神问题),人活一口饭(物质问题)”,还突出了恩仇转换的民间情怀,刊发出来,当年不仅获得了省、市新闻奖,上报到全国,还评上了全国新闻奖。

我到魏家岭自己租用的“吴木匠作坊”里,向村里人打听魏旦旦,大家都说知道,而且又都感慨魏旦旦眼睛盲了,心不盲。他现在老了,做不动木匠活儿,跟他儿子女儿进城享福去了。他的两个儿子,一个在西安工作,一个还出了国,在外国挣他们的洋钱哩。他的女儿也出息,是一个大学的教授。

听着魏家岭乡党对魏旦旦的艳羡,我还能说什么呢?

我说:“他家家风好啊!”

乡党们全都同意我的看法,一哇声地附和我说:“对着哩,好家风才能育出好儿女。”

我在前文说了,家教是一种内修,家道是一种外修,那么家风呢?应该就是内外兼修了。

好的家教,好的家道,好的家风,可都是自觉修出来的呢!

2016年3月14日　西安曲江

家与中堂

家是什么？中堂是什么？这个不是话题的话题，在今天还是需要说一说的。

我们今天把家都当成计划生育后的三口之家了。这没有错，的确是我们今天普遍的家的情况。这样的家似乎少了些不可少的东西，譬如中堂，我们今天的家，就很少有了。不过，我倒是想要先说一说家教、家道和家风，不把这三个东西说明白，就不能说清楚中堂。

我们知道家教，指的是家庭内部家长对子女的言传身教，家长通过自己的实际行动来教育子女做人做事的礼节。传统意义上的家教，不仅要教育子女们懂礼节，更重要的还在于道和德，这是人生所要重视的内修。那么家道呢？正如俗话所说："男人无志，家道不兴。女人不柔，把财赶走。"女性性情应柔美如水，这样才会旺夫贵己，钱财运气自然随之而来;而男性则必须志在四方,扬名立万,事功千秋。这可不就是外修嘛!还有家风,简单地说虽是一个家庭的风气,但其影响是巨大的。家庭成员的态度、行为,存在于家庭的日常生活之中,表现在大家处理日常生活的各种态度中,家风犹如一种磁场,被人们深深地感受着,让人们发自内心地服从和遵守。这是一种潜在而无形的力量,在日常生活中潜移默化地影响着家庭中的每一个人,存在家庭成员间最基本、最直接、最经常的沟通中。可以说,有什么样的家风,就有什么样的家庭。

家风相连成民风,民风相融汇成国风。家风起自家庭立足于家庭,是可以对社会的进步、人性的升华、民族的凝聚、文明的拓展都产生巨大而深刻的影响的。所以说,家风是一个人内外兼修从而成人的根本。

中堂之于家的作用就在这里,可以最明朗、最清晰、最直接地融通家教、家道、家风之核心,以书画的方式,悬挂在家庭之中,让家庭成员随时都能够获得教益。

中堂成为风气,有的说起于宋,也有的说起于唐。唐、宋置政事堂于中书省内,为宰相处理政务之处,中堂之说,最初因宰相在中书省内办公而得名,后亦称宰相为中堂。慢慢地散入民间,深入寻常百姓家里,中堂便以书画的形式，占有了非常显要的位置，并且起到了十分重要的作用。

传统家居的布局，厅堂是最为讲究、最为用心的地方。以厅堂的中轴线为基准，首先是家具的陈列，板壁前放长条案，条案前是一张四仙或八仙方桌，左右两边配扶手椅或太师椅，家具整体采用成组成套的对称方式摆放，体现出庄重、高贵的气派。依照传统，扶手椅或太师椅的座序以左宾或左为上、右为下排序，无论长辈还是僚幕皆依“序”入座，这叫“坐有坐相”，这个“相”，既是形式，又具内涵。这里值得一提的是，即使是家族中位尊的主人，不行仪式之时，平时也只在右边落座，一是表示谦恭，二是虚位以待，因此，中堂的座椅不经常同时使用。当堂屋兼作佛堂时，则翘头案正中有设佛龛，或设置福、禄、寿三星，或供奉已故亲人牌位，案上配置香炉、蜡扦、花筒等五供，用于祈福和感念。

厅堂里的家具是要以“礼器”来对待的。正中央最显眼的位置，悬挂中堂，或书法或图画，再配上“对联”，寓意吉祥安康、富裕高贵，把外在的规范和内心的真诚，含蓄而深刻地诠释出来。

2016 年 4 曰 13 日　西安曲江

家训今识

黎明即起，洒扫庭除，要内外整洁，既昏便息，关锁门户，必亲自检点。

一粥一饭，当思来处不易；半丝半缕，恒念物力维艰。

宜未雨而绸缪，毋临渴而掘井。

自奉必须俭约，宴客切勿流连。

……

《朱子家训》是这么起头的。全篇家训从治家的角度谈了安全、卫生、勤俭、有备、饮食、房田、婚姻、美色、祭祖、读书、教育、财酒、戒性、体恤、谦和、无争、交友、自省、向善、纳税、为官、顺应、安分、积德等诸多方面，对治家做了最为全面的规范和诠释，是历史传承家训中最为人所推崇和敬仰的。我在起小的时候，就在家人的督促下，通背了《朱子家训》，并以此为准则要求和规范自己。但我自知，我并没有做到家人期望的如《朱子家训》规范的那样。

那太难了，非怀圣人之心，是绝难达到那个境界的。

我知道，不论是《朱子家训》，还是别家的什么家训，都是要让人成为一个正大光明、知书明理、生活严谨、宽容善良、理想崇高的人，这是中华民族以及中国文化的一个大追求。西安市委宣传部联合《西安日报》，于近日开展的家风家训征集活动，对于发挥家风家训在当前社会的作用，会产生非常好的影响。我受组织者的委托，来对征集到的红专南路社区吴生绪家传承至今的家训做一品读。我欣然应允，认真品阅，以为吴氏家训一点都不逊于《朱子家训》，集中体现了中国人修身齐家的理想与追求，更重要的是，它采用了一种既通俗易懂又讲究语言格调的形式，读来琅琅上口，让人容易记忆。

吴生绪家传承的家训可归纳为“吴培源堂十四字”，即“仁、义、礼、智、信、言、行”及“食、工、孝、学、勤、俭、老”。我很想拜会这位吴姓本家，但我这些天不在西安，就只有揣测，他们家有此祖传家训，对他们后代定会是一种精神照耀。不过，好的家训，是要常常温习的，而温习时，最好是家长和子弟一起做。做家长的温习了,知道怎样管理家庭,怎样教育子女;子弟温习了,知道怎样做人,怎样在生活中具体要求自己,将来也更知道怎样管理自己的生活与家庭。

家训不是蒙书,一般悬于家室厅堂,以对家庭成员尤其是子弟起警诫作用。我不知道我们扶风吴氏可有家训,但我知道努力践行,比将之悬挂家室厅堂更为重要。这不仅能够使自己成为一个有高尚情操的人,而且更能构建美满家庭,进而构建和谐社会。"黎明即起,洒扫庭除",我从小就见家父这样做,他每天总是早早起床,将家里连同门前空地都扫得干干净净。受家父的影响,渐渐地我也这样做起来,以后我进城住在楼房里,依然坚持乡村生活的习惯,公用的楼道和楼梯,要早起打扫干净。恰巧,我的对门也是个这样的人,我们家的公用地方,什么时候都干干净净。所以说,家训的根本作用,就在于指导一个人的实际作为。

大家仔细体会,认真实践,定会感受到家训的这种独特魅力和永恒价值。

我曾潜心研究过《朱子家训》,现在又认真地品读了吴生绪家传的家训,回想生命历程,觉得还有再研习、再领会的必要……我做过农民,干过木作和雕漆,后来又从事纸媒文字工作几十年。与此同时，还习书法绘彩，我总是不满足，这是因为我始终怀揣一个坚实的理想，绝不忘记即使身在纷乱的世俗也给自己的灵魂找一个栖息地，给自己的精神找一个出发点，让自己永远葆有一份赤诚和宁静。

非宁静无以致远。宁静不受功名利禄左右，它能将人送到他所能到达的最远的地方。“风檐展书读，古道照颜色”，《正气歌》结尾是这么说的。再读《风赋》，更知“仁者如风，溥畅而至”，将博爱与宽厚，平等地给自己，也给身边的每一个人。“簌簌凉风生，加我林壑轻”，天大热，在壁挂空调的风凉下，我在键盘上轻轻地敲罢最后一个字。

2016 年 8 月 23 日　西安曲江

我想回家

家在哪儿呢？我找不到家，找不到回家的路。这不是哪一个人的问题，而是横亘在我们每个人面前的大问题。当然，我在这里所说的家，不是我们今天因计划生育而普遍存在的三口之家或大一点的四口之家。我说的是我们精神上的，并且有着明确姓氏标识的家。

我说的这个家，或者称为宗祠，或者称为祠堂，或者称为家祠。

近日去江西婺源采风，连着走了李坑、汪口、江湾、严田几个被誉为"最美乡村"的地方，很是幸运地看到了几家祠堂，其中有传承数百年而未毁的，譬如汪口的俞氏祠堂；当然也有毁了再新建的，譬如江湾的萧江祠堂。汪口的俞氏祠堂之所以未毁，盖因后来用作村里学校的校舍而很好地保留了下来；江湾的萧江祠堂，之所以毁后新建，是他们本家出了个大人物，寻祖到此，出资把毁坏的老祠堂重新建了起来。听导游讲，新建的萧江祠堂比起被毁弃的老祠堂，可是要阔气很多呢！

其实，我的出生地陕西省扶风县的闫村，也有一座我们吴氏祠堂的。

那时我虽幼小，却也对村中的吴氏祠堂有着较为深刻的记忆。记得祠堂的门是村里最大的门，门槛也是村里最高的门槛，便是两厢对立的两个门墩石，也比我们小孩高出一头多，门墩石的造型不是石狮子，也不是别的什么瑞兽，而是叫作“抱鼓石”的那种样式。我听村里人说，祠堂门口的“抱鼓石”不仅具有支撑、装饰门柱的作用，还有辟邪镇宅的大用。此外，还有一种“遮羞”的巧用，识礼重乐的村里人，非常讲究辈分，辈分小的人遇到辈分长的人要致礼问候，特别是在祠堂前、祠堂里，礼节就更加庄严。然而辈分这玩意儿，不是谁的年龄大，谁的辈分就高，往往是，一把白胡子的老人，辈分反要输给几岁的黄口小儿。见了面怎么办呢？磨不开面子时，白胡子的老人就需要躲在“抱鼓石”的背后避一避，大家心照不宣，让双方都恰到好处地遮住相对难堪的羞脸。

好像是，“抱鼓石”与门头上的门簪，在乡村还有一个

“门当户对”的说法,“抱鼓石”就是门当了。形似圆鼓的两块石刻构件，被高高地承托在同属一块石头的门墩上,这最能显示祠堂的尊严与威仪了。

从被“抱鼓石”夹峙的高门槛上跨进祠堂,雕梁画栋的头一座房子,是要称为前堂的,再往里走,同样雕梁画栋的房子称为享堂,从享堂的壁龛侧后转进去,还有一座雕梁画栋的房子,又要称其为寝堂了。所谓寝堂,张目看去,后墙面以及两侧墙面,错落有致地排列着数也数不清的小小壁龛,摆放着书写了姓名的过世先祖的牌位;而享堂,则在高大的壁龛上悬挂着一幅据信为吴氏始祖的画像,与始祖同享祭拜的，又是几位历史上取得卓越成就的吴氏祖宗。如果在这里一回头,还会看见前堂的两根明柱上高挂的木刻对联。

我记得很清楚,其中的一副对联是这样的:

堂号申明于此众议公断,
室雅清寂借它鉴古观今。

是的呢,前堂的横梁上就有一面“申明堂”的大匾,而享堂的横梁上则有一面“乡贤堂”的大匾,以及寝堂横梁上有一面“思亲堂”的大匾。而每一进堂室的明柱上也都有木刻的对联，“乡贤堂”“思亲堂”的木刻对联写的什么内容，我全忘了，唯独没有忘记“申明堂”明柱上的这一副木刻对联。这是因为，听人说的有关“申明堂”里发生的故事，还都历历在目。村里吴姓人家，有谁作奸犯科，触碰了国法，即由国法来办，而触碰了族规，就自然地要用族规来办了。怎么办呢？吴姓一族的长者，聚集在“申明堂”里“众议公断”，依凭的呢，就是张榜在“申明堂”墙壁上的“族规”和“祠规”了。

我便保存了一份简刻油印的我们吴氏祠堂的“族规”和“祠规”。

族规是：

> 一、笃忠贞：民生于三，而君成之，士既邀思遴先，当思循良报效，即身为遮民，亦宜早完国课，踊跃赴公，毋干法纪。
>
> 二、孝父母：生我幼劳，昊天罔权，人予朝夕奉养无违，犹难酬于万一，况不孝不敬，罔识身从何来乎？族中倘有无知不顾天伦者，各房内必先严惩，如帖终不悛，公同粟究。

三、睦兄弟：同胞之爱如手如足，倘因一时嫌隙，遽尔骨肉参商，甚至争讼不休，仇雠相视，是以小忿而废懿亲，匪为士林所不齿，亦宗族合羞也。凡我族人，期敦式好之欢，无忘葛之庇。

四、敦唱随：闺门和顺，致祥之由，否则唯家之索，型于化之，篇什昭垂，倘妇不顾。翁姑，不和故嫂，本夫急宜严惩，或斥归母家，伺其悔悟。如母家不明大义，反纵与本夫为难者，族长公惩悍妇，抑或有本夫纵容者，族长公罚本夫。

五、全恩爱：无父何沽，无母何恃，故续娶后妻多为抚育前妻子女计也。近有悝女刻苦前妻子女，致伤天性之恩，族内有续弦者，本夫宜委屈开导，使母尽母道，恩斯勤斯，子亦尽子道，起敬起孝，庶慈母顺子，一门衍庆义也，而恩全矣。

六、修坟墓：神在室堂，形归宅穸，故祖宗坟墓无论远近，每岁清明挂扫，必须剪除荆棘，或有陷榻之处，急宜培补，若使枯骨暴露，惨目伤心。至七月中元焚包荐薪，又一报本追远之遗意耳。古人称挂山记处，烧包记名，良有益也。

七、勤生理：居家之法，耕种为先，其次工商末艺,亦足起家,必远虑深谋,庶可以仰事俯蓄。倘不务生理,闲游赌博,势必流为无赖。乃至一败涂地,岁月蹉跎,悔无及矣。故凡有父兄之责者,切不可任子弟日荒于嬉,毫无职业。

八、崇礼义:书曰“既富方谷”,又曰“资富能留”,盖以养与教两相宜也。族内有俊秀子弟资,固宜乐栽培,即资禀推鲁者,亦必从师教训,令其识字明理,彬彬有儒雅风。古人称读而不耕,则衣食不足;耕而不读,则理义莫兴。尚徒务封殖,不事读书,是深为识者所鄙也。

九、恤贫困:鳏寡孤独四者至穷,情殊可悯。如族内贫困不给者,须分多润寒,以救其生,事变亦粹乘,又须竭力扶持,以解其厄。倘徒坐拥赢余,秦越相视,比之朋友通财之谊,且不如矣。合族其共知,相维相系,庶太和之气可坐续也。

十、安己分:富贵贫贱数定于天,倘不安分守己,借端滋事,以及酗酒逞凶,恃强凌弱,肆行无忌者,族众先以家法治之,俾知改过自新。如重蹈故辙,公同禀究,决莫构和,致滋后累。

十一、彰公道:于中之事责归户首,遇有事投称,不论贫富,不论亲疏,不可挟嫌而籍以报复,不可图利而颠倒是非,务宜察实再三,平情劝谕,自然解散。一有偏袒,自然不服,闹到公庭,浪费家资,两败俱伤,是彼此皆为我所害矣。倘二比一,日后和睦,必以今日之是非尽归我一人之播弄,其怨我何极,有不黠事故报复于我者乎?故彰公道不独有玉于族人,并可免害于自己。

十二、敦俭朴:冠婚丧祭,称家有无,故田费必须酌量,若务以奢华,以壮观瞻,恐相沿为习,必不惜物力维艰。盖俭入奢易,由奢入俭难,惟量入以为出焉,则财恒足矣。

十三、崇节孝:忠臣不事两主,烈女不更二夫。故族内有女能守节,冰清自持,兼以上事翁姑,下抚孙子,以继丈夫志,以为祖宗光,房族必须票清旌坊,以彰节孝。家计贫寒,合族亦宜捐金帮助,庶潜德无不发之光矣。

拉拉杂杂,计一十三项的族规,对本家族人的行为做了极尽可能的规范,其中一些条规确有浓重的封建色彩,而绝大部分,应该还是很积极很有用处的,对规范教化族人崇仁守德、尊礼乐俭不无益处。然而,我们吴氏祠堂,如全国各地各个不同姓氏之家的祠堂一样,现在差不多都被毁弃了,同时被毁弃的还有祠堂的祠规和族规。

传之几千年的祠堂文明,怎么就突然不能容于我们的社会?原因也许有很多,但与我们自诩为"文化人"的一些作家和作品是脱不了干系的。作家们太多精神叛逆,在进行文学创作时,总要把家写成是一根束缚爱与自由的绳子,一座囚禁精神和梦想的牢笼,甚至是一口埋葬前途命运的棺材。总之,家是非破不可了!我就曾读了些"五四"时期的这样的文学作品,当时读着倒不觉得什么,现在回头来想,我就有些脸红,而且还有点心跳,觉得我们年轻时懵懂,怎么可以那么看待我们的家!

家怎么可能会是一根束缚爱与自由的绳子呢?怎么可能会是一座囚禁精神和梦想的牢笼呢?怎么可能会是一口埋葬前途和命运的棺材呢?家不会是这个样子,哪怕家有家的局限,家有家的问题,但家一定是一个人最能感受到温暖的地方,最能感受到爱的地方。

然而象征家的祠堂,就这么稀里糊涂地成了被攻击的对象,被砸烂拆毁了。

大势所趋,我们村的吴氏祠堂没能幸免,被我们吴氏后人，揭了房上的瓦，拆了墙上的砖，从此半个多世纪，我们吴姓一脉虽都在村里住着，但我们没有了祖先，没有了“家”，我们都如孤魂野鬼一般，各过各的日子，直到今天，好像我们把那个大家的家忘记了。其实不然，那个大家的家依然顽强地根植在我们的记忆里，是我们无法忘却的精神家园。这是因为有几个词仿佛铜铸的钟在轰鸣，从未间断地轰鸣在我的耳际，那就是每个中华儿女的家国情怀、家国精神，如果有谁胆敢侵犯我们的家园，我们会毫不犹豫地奋起，以我们的血肉之躯保家卫国。

家在我们的心里，大于一切，神圣不可侵犯。

家国一理。不爱家的人，大言不惭地说他爱国，也许有他自己的道理，但我是不能认同的。我的意识指导着我，我爱我的家，因此我也爱我的国。

问题就这么突兀地摆在了我们的面前，我们想回我们大家的家，但我们大家的家在哪里呢？

2016 年 4 月 6 日　西安曲江

想象一棵树

树不是哑巴。树是会说话的，而且还会笑，还会哭，知道疼，知道痒……因为，树是有生命的，与人一样是有生命哩！

起小的时候，爹和娘给我过满月，他们把我抱到村街上，给我拜干大了。地方上的风俗，满月的儿娃子，都要拜干大的，出门碰上的头一个人，不论这个人是谁，光脸，麻脸，有钱没钱，有权没权，碰上谁就是谁，就要拜成自己的干大呢。这不是个小事情，自己不懂事不晓得，父母是知晓的，还有爷爷奶奶，其中的利害，他们就更知晓了。所以，一般人家在给儿娃子拜干大时，像现在的人制作节目一样，都要预先导演一番。事前，把家里相中的干大，好吃好喝请上一顿，再给人家的口袋里塞上几个，说好了什么时候从他们家的门口走一走，儿娃子被抱出门，刚好就能碰见他，把他拜成自己的干大。

要被拜成干大的人，自然要有足够的脸面，最起码，要在村子里说得起话，借得上力，是个有权有势或者有知识有文化的人……懂事后，我发现，像我一般的儿娃子，没有谁的干大瘸了一条腿，瞎了一只眼，自然也没有拜了狗做干大的。

我很不幸，唯独我没有拜上一个体面的人，而是拜一棵榆树做了干大。

父亲去世早，我没法问他其中的原因，但有母亲陪着我，母亲活到了八十五岁，无疾而终。我有太多的机会来向母亲询问，特别是在每年拜干大的日子，母亲陪着我去给榆树干大磕头献祭，我便忍不住想要从母亲的嘴里问出个究竟。但没法开口，我看见母亲的眼睛一会儿看看我，制止着我的询问，一会儿又躲着我，回避着我的询问。我把爬出喉咙站在舌尖上的询问，就这么一次次地咬死在自己的牙齿上。直到母亲也要丢下我去找我的父亲时，才给我说了我拜榆树做干大的事。

母亲说："都怪你爸那个短寿死的。"

母亲说："你爸说了，求一个活人拜，哪一个活人又真的愿意做你娃的干大？做了干大又哪里真的把你娃当干儿子？假的，都是假的，倒不如就拜一棵树，风里挺得住，雨里挺得住，雪里挺得住，霜里也挺得住……树比人有担当，树比人长久。”

母亲说：“这是命，我看你就得了榆树干大的福呢！”

母亲最后的揭秘，让我醍醐灌顶。身在大堡子西安的我，遥想小堡子坡头村我的榆树干大，竟然不能自已地流了一脸的泪。

我回到了关中西府的小堡子。

像我起小祭奠榆树干大一样，买了烟和酒，还买了香和裱，要来认真拜一拜我的榆树干大了。可是，我找不见我的榆树干大了……像我的榆树干大一样，我们坡头村还有一棵老皂角树、一棵老合欢树，以及老梧桐树和老苦楝树各一棵，这些大树，相互勾连，相互照应，仿佛坡头村不死的魂灵，为坡头村撑起一处又一处的阴凉。春天来了，风舞一身翠色；到了冬天，又会换上一身银装。每一棵树都有自己的风景，她们以自己的方式，记忆着自己的风流，也记忆着坡头村的风流……除了老皂角树，我的榆树干大和其他都被挖进城里去了。

大树进城，它们适应得了那里的环境吗？

没有什么适应不适应的，你不看看，坡头村的人，差不多都进城去了。人在城里适应得了，树在城里也就适应得了。给我这么说的，是现任坡头村村长冯甲亮，是他想方设法卖了这些老树的。

没有了老树的坡头村，是那么的空！我不知别人是何感受，但我知道我的心是痛的，很痛很痛的呢！提着我拜干大的烟酒和香裱，在没有了榆树干大的那个坑槽边，我把一瓶酒都灌进树坑里，然后又点燃了香裱和烟，我期望生长了榆树干大的坑槽里，能再生出一棵榆树来。

是的，我的榆树干大，长在坡头村里，也是经历过一些苦难的，刀刻一般铭记于心的一次苦难，就发生在 20 世纪 60 年代初，全国大饥荒，坡头村亦不能例外，在村里人吃光了粮食，仅以糠菜填肚子的时候，大家的眼睛都盯上了我的榆树干大。我看得懂村里人的眼神，一把把锋利的刀子，捋尽了榆树干大的叶子，然后又去砍榆树干大的头颅，又去扒榆树干大的皮……对我的榆树干大实施一种剥皮刮肉的残害。有几次，我就这样从梦中惊醒过来，哭着去看我的榆树干大。终于有一次，在我惊醒过来去看我的榆树干大时，让我心惊肉跳的事还是不可避免地发生了。在村里干部的主持下，村里人把我的榆树干大拦腰锯断，砍成一段一段的断枝和碎片分给村里人，去填他们饿得粘成一张皮的空肚子。

我为我的榆树干大伤心。不过还好,来年春天,失去了头颅而只剩下半截树身的榆树干大,又神奇地从它的断头处生出一片浓郁的绿色来,并且一年一年地生,一岁一岁地长,后来又生长得如以前的榆树干大一样茂盛了。

村长冯甲亮的父亲冯岁岁，为儿子的作为非常懊恼。还有冯杏儿的母亲曹喜鹊,也很怀念被冯甲亮卖进城里去的一棵树。

那是一棵合欢树呢。当年我在坡头村的时候,听到过村里人言三语四地议论冯岁岁和曹喜鹊,便恶作剧地在合欢树上刻了一只桃子,让一支利箭穿过桃子,一头挑着“岁岁”两个字,一头担着“喜鹊”两个字。我的这一杰作,长在合欢树上,开始倒不怎么醒目,长着长着,就像合欢树的一部分似的,越长越鲜明……村里人看得见“岁岁喜鹊”的刻画,冯岁岁和曹喜鹊自然也看得见,而且他俩还都知道,合欢树上关于他俩的杰作是我的作为。可是他俩却并不因此而记恨我,和我闹不愉快,相反的,他俩还把我看成了知己,与我相处得非常友好,直到我离开坡头村都是如此。

我回到坡头村祭拜我的榆树干大，冯岁岁找到了我，曹喜鹊也找到了我,为我没法很好地祭拜我的榆树干大感到抱歉,并向我询问刻了“岁岁喜鹊”字样的合欢树进城后栽植到了哪里。

我很无奈地对情绪悲伤的冯岁岁和曹喜鹊摇着头,但是他俩没有放弃找寻合欢树的下落,给我出主意,说我在报社当记者,耳目多,一定要帮他俩找到合欢树。我答应了他俩,回到我工作的陈仓市,向朋友放出话来,让大家都操点心,替我寻找一棵进城来的合欢树……功夫不负有心人,多半个月后的一天,高新区合欢饭庄的经理给我打电话,说我找的那棵合欢树,进城来就栽在他们酒店门前。我喜出望外,赶去要看个究竟。我看见那棵合欢树了,同时还在合欢树下,看见了找树而来的冯岁岁和曹喜鹊。

生长在坡头村的合欢树,是有一窝喜鹊的。冯岁岁和曹喜鹊不知合欢树的去向,失去了合欢树而无枝可栖的喜鹊,却比人聪灵这么一点点,它们约略知道合欢树的去向。冯岁岁和曹喜鹊很偶然地发现了这一秘密,在他俩沉浸在悲痛之中,探寻合欢树去向的日子里,无枝可栖的喜鹊总是追着他俩,在他俩的头顶上叽叽喳喳说个不停。喜鹊说什么呢?从迷茫中猛然醒悟过来的冯岁岁和曹喜鹊跟着喜鹊走,一路的艰辛,一路的危险。冯岁岁和曹喜鹊在喜鹊的引导下找见刻着他俩名字的合欢树时,俩人不约而同地张开双臂,像对黄昏而恋的情人一般,紧紧地抱在了一起。

我把冯岁岁和曹喜鹊的这一幕很好地拍进了照相机里。

冯岁岁和曹喜鹊给我解释说,他们背了一辈子相好的名声,到今天,才算第一次,你抱了我,我抱了你……我相信他俩说的是实情,过去,他们徒有相好的名分,现在有了条件,是能够真的相好了呢。曹喜鹊的丈夫死得早,冯岁岁的老伴也过世了几年,天造地设,他俩光明正大地相好,也没别人说的啥话了。

我支持鼓励他俩成为相好。

避开反对他俩相好的子女,他俩死心塌地想要和进城来的合欢树在城里很好地生活下去,当然还有引导他俩找见合欢树的那对喜鹊……喜鹊在合欢树上给自己垒起了新巢,冯岁岁和曹喜鹊也在合欢饭庄里找到了自己的工作,一个新的、美满的生活场景,像一幅美丽的风景画一样,展现在冯岁岁和曹喜鹊的面前。可是非常遗憾,转过年来,城里的树都发了芽,独独合欢树没有,还有合欢树上筑巢居住着的喜鹊,不知食用了什么有害东西,双双跌下树来……合欢树死了,喜鹊也死了,冯岁岁和曹喜鹊依靠着死了的合欢树,一人手里捧着一只喜鹊,眼里满含着泪水,他俩显得那么惘然无措，显得那么可怜无助！

没有进城的老皂角树，奇迹般地活出了它的第二春。

仨人合抱都抱不住的老皂角树，就生在颜秋红的家门前，空了的树身，不知为什么会突然地生出一股白烟，从树身的空洞里冒出来，直冲天际而去。颜秋红的娘就说了，黑煞神不高兴了，是谁惹了黑煞神呢？这可不好，赶紧给黑煞神看香呀！黑煞神不是别的什么，就是老皂角树自己。我们小堡子坡头村，无人不知“黑煞神”皂角树的厉害，它就是我们村里的一尊守护神，我小的时候，贪玩把自己玩丢了，父母亲去求黑煞神，上了香，才祈求了两句，玩丢了的我，就从皂角树的空身子里打着哈欠爬了出来。

求“黑煞神”皂角树，是必须请颜秋红的母亲来求的，她是我们坡头村一带声名赫赫的先生姐哩。我们坡头村那一带，男人家给人算卦，人们就要尊敬地称其为“先生”，而女人家若有天赋能够给人算卦，就再尊敬地给她加上一个“姐”字，称她为“先生姐”。

作为先生姐女儿的颜秋红，却不那么看，她瞧不起她的母亲先生姐。就在我和颜秋红一起在村里读书的时候，她在我的跟前没少诋毁她母亲，说她母亲装神弄鬼，把自己弄得都不是人了。她是不要做鬼的，她要做人。

发誓做人的颜秋红送埋了老去的先生姐母亲，和她的丈夫孙二平，带着他们的一对儿女到城里打工了。一心做人的颜秋红和丈夫孙二平怎么都无法做好人，城中的现实生活，让颜秋红做人的大梦一次次化为了泡影。他们夫妻在城市里打工，连一处能让他们做爱的地方都没有……为了一次肌肤之亲，他们惊恐不安，因此还使颜秋红生出一种怪异的病来。她诈死在殡仪馆里，悲哀地就要被推进焚尸炉了，却自己醒过来，口无遮拦地揭露着这个城市的罪恶。而颜秋红自己，因此而华丽转身，成为一个她母亲那样的先生姐了。

做人有什么好呢？倒不如做鬼好。

做人，谁把你当人了？做了鬼，倒被人当神仙一样尊敬了！

成了先生姐的颜秋红，生活境遇大为改观。穿得光光鲜鲜的生意人，都拜倒在了先生姐颜秋红的脚下，听她指点生意前途……钱、钱、钱，钱如流水一样往先生姐颜秋红的家里涌，村长冯甲亮可不傻，他组织起全村的力量，租借了一台花红柳绿的大花轿，张张扬扬地从城里请回了神仙般的颜秋红。先生姐颜秋红没有让村里人失望，太多太多的人求到坡头村来，来找先生姐颜秋红算卦，大车小车，风一样地吹来，又风一样地刮去……四面八方而来的汽车和人流，填塞着坡头村，使坡头村成了远近闻名的农家乐经营村，村里人因此都富了起来。

我回到坡头村，很是惊异这样的变化。我站在“黑煞神”老皂角树下，抬头久久地凝望着，重获新生的老皂角树，被来人你一根红绸带子他一根红绸带子，密密匝匝地拴了起来，让我都看不见老皂角树的绿叶了，映入我眼睛的全是一团火一样的红，飘飘摇摇，让我有种说不出的伤心。

坡头村里的梧桐树呢，还有苦楝树，都如我的榆树干大、合欢树和老皂角树一样，都有与人生死相牵的故事，这所有的故事，交织成一出人与树、乡村与城市的现实话剧来，让我有机会以文学角度和大家一起感受变革中的土地，以及民生的许多经典情愫，并因此而有所醒悟和思考。

2012 年 8 月 5 日　西安曲江

车前子以及我认识的草药

“采采芣苢，薄言采之。采采芣苢，薄言有之。采采芣苢，薄言掇之。采采芣苢，薄言捋之。采采芣苢，薄言袺之。采采芣苢，薄言襭之。”《诗经·国风·周南》中的“芣苢”是个什么物种呢？我从释文中得知，古人所说的“芣苢”，就是普通的、常见的车前子。不过，我感动于《诗经》的描写，是我们今天的人所无法做到的，寥寥数言即把古代劳动者采撷、捋取、收藏车前子的活动，表现得淋漓尽致、活灵活现，如在眼前，真是太传神了。

像古人一样，我在小时候，也是采集过车前子的。

我不知道该怎么评价这件事，小学时，学校组织我们勤工俭学，因为地处农村，老师们想出的办法，就是带领我们这些系着红领巾的孩子，到田野里去挖中药材。俗话说得好，“秦地无闲草”。我们每人一只竹篮，一柄小锄头，列队唱着歌，刚从校门里走出来，就有老师给我们指认了，指认的是路边的车前子。老师说了，这可是中草药呢。听老师这一指认，列队中的我们呼啦散开，头碰头地挤在路边挖起车前子来。我们人虽小，可人数稠，七手八脚地挖了半个下午，竟然每个人挖得一竹篮，拿回学校来，打了清水洗过，便就摊在操场上晒了。车前子太不禁晒了，肥肥胖胖的叶片，一个大日头，就干瘦得如一片又薄又小的纸页，轻轻一碰，就碎得七零八落。

勤工俭学还在继续，过上一些日子，老师们就要组织一次，于是，我还认识了远志、蝎花根、地骨皮、老鸦枕头等中草药。

起因是勤工俭学，但发展到后来，挖草药竟成了我童年生活的一种常态。我只要一有时间，就得臂挎竹篮子，肩扛小锄头，寻到野外去，采挖中草药了。远志生得细细巧巧，蓝莹莹的叶芽尖上，生着蓝莹莹的花，赶在这个时候采挖，出售时等级会给得高一点，可我总被那星星般的小花所迷惑，不忍把开花的远志挖下来……地骨皮最难挖了，好像天底下的地骨皮偏爱干硬干硬的干地坎，仿佛一枚铁打的长钉子，扎根在干田坎上，一猛子地扎着，会扎得很深很深，童年的我力气小，一柄小锄头，挖在干地坎上，往往挖不进土里，反而会弹射回来，震疼我手的虎口；要命的还有地骨皮蓬蓬勃勃生养的茎秆，浑身上下都有刺，那刺是堪比缝衣针的，却又比缝衣针多了一种可恶，缝衣针没有毒，地骨皮的刺是有毒的，扎在手上脸上，是要一直疼着，三天五天都不消。如果再不注意，去采挖蝎花根，那就会更糟，好像那白色的汁水含着蛇蝎的毒素，浸入地骨皮的刺扎伤的地方，那一块地方的皮肉迅速地肿胀起来，原来的疼自然还会加剧一些，时间上也要拖得更长一些。

这可都是采挖中草药的教训哩。受过一回罪，今后就小心了。

我在童年之所以常态化地采挖中草药，目的只有一个，我想买书来读，家里没有余钱给我买课外书，我就只有自己想办法了。这个办法就是采挖中草药，除此之外，没有别的办法。有一套《三国演义》的连环画，是我窥视了好多次想要买的书，因此，在学校老师组织我们勤工俭学后的日子，我抓紧一切空闲时间，疯狂地采挖车前子。这是因为，那一阶段，中草药中我只认识车前子，我采挖得不少了，而且摊开在我家院子里，晒得非常干。是个星期天呢，我把晒干的车前子塞进两只大布袋里，一前一后，背在肩上，背到镇上的中药店去销售。干了的车前子，虽然失去了沉重的水分，可我背在肩上，还是感到一定的分量，而且随着道路的延长，我觉得越背越沉，在路上歇了许多次，终于把车前子背到了七里外的镇上的中药店……与中药店对门的，就是有《三国演义》连环画的书店，我在跨进中药店的时候，还不由自主地看了书店一眼，我看见许多书，一摞一摞，整齐地排列在店内的书架上，好看的《三国演义》连环画，受到书店的特别照顾，脱离了书架被非常显眼地排放在临街的橱窗里……我对着蓝皮的《三国演义》连环画笑了一下，然后进了中药店，很费力地把装有车前子的布袋推到中药店有点显高的铺台上。我以为中药店的人是欢迎我来出售车前子的，可喊叫了几声，才喊叫来一位干瘦的人，他训斥我喊什么喊，然后解开我的布袋，也不用手摸，只匆匆地瞥了一眼就说我的车前子水分太大，只能以半价来收。我辩解着，干瘦的人却不听，只说："你卖不卖？不卖你就背回去。"他的这句话，严重地伤害了我的自尊心，我愤怒地盯着他，只觉心像颗玻璃球被干瘦的人拿脚踢着，一下子被踢成了碎片。我不和他辩解了，伸手抓住装着车前子的布袋，从高高的铺台上扯下来，一手提一个，转身从中药店走了……我没敢再往书店的方向看，我知道如果再看陈列着《三国演义》连环画的书店，我会忍不住哭起来的。

我不要流泪,我要坚强,哪怕一时买不来《三国演义》连环画,我也绝不流泪。

把没有售出去的车前子用手提着,一直提出了镇子,在镇子外边,我碰上了一群羊,那是被圈养的一群羊啊!在一个破败的栅栏里。我不知为了什么,走向了那群羊,把装在布袋里的车前子一把一把抓着,投给了那群羊。羊儿是饿了呢,还是爱吃车前子?我投一把进去,车前子眨眼间就被羊群叨食而去,这让我感到安慰,觉得自己辛苦采挖来的车前子还是很有用的。我慷慨地喂着羊群,直把两大布袋的车前子全都投进了羊圈,最后还提着布袋子的袋底,把残留在袋子里的细碎叶片,分毫不剩地抖落进去。

显然,我这么做是不明智的,书店里的《三国演义》连环画依然吸引着我,此外还有《水浒传》,还有《西游记》等等好看的连环画,都是我想购买回来的。认识到自己的任性,我便又开始采挖中草药,晒干了背到镇上的中药店销售,不管收购药材的人怎么刁难我,我都不急不躁,与他们百般周旋,直到把药材满意地销售出去,拿着钱,在手里暖一暖,然后赶紧到书店里去,把我喜欢的书买回来。

“农夫月落出耕田,行到溪头无渡船。就在溪边眠一觉，蓑衣箬笠护头边。”这首谜语诗，巧妙地把“黑牵牛”“当归”“宿沙”“防风”几味中草药暗藏其中，读起来真是妙不可言。我采挖中草药卖钱买书，能有这样的收获，真是太值得了。后来，我读《坚瓠集》，其中有两封詹氏夫妇的两地书，依着其中提到的中药的名称，总能体会到江南水乡的苏州那种青瓦白墙、小桥流水人家的俊秀，以及天南地北、两情相悦的牵挂。

铁打的脑袋，钢铸的身子，也难保自己没个头疼脑热。我便是如此，童年的一个时期，就把自己的性命，放在了药罐里，靠着日复一日的中药来养。

身为医生的三哥，面对清早起来活蹦乱跳的我一到日落时分就发烧的症状，认定我是患了要命的伤寒。三哥把我的病情告诉了父母，父母就抓药熬后给我灌了。说实话，中药是太难吃了，苦是一种味道，闻着呢，还有说不清道不明的酸涩辛辣及腐败味，五味杂陈，要不是父母威逼利诱，我是宁愿发着烧，也绝不下咽那黑乎乎的药汤的……像药汤一般发黑的药罐，母亲找来三块半截砖，靠着我家的院墙支起来，早上晚上，母亲都准时准点地扯来一拌笼的麦草，拧着细细的草把子，在架空的药罐下烧火熬药，一天天的火烧火燎，我家院子的那一截墙皮，都被母亲烧得黑如砖块一样。到我的伤寒病好,母亲不再在那面墙角给我熬药了,但墙皮上被烟火熏烤过的痕迹却一直没有脱,让我后来,只要看见那一片黑,都要心酸一阵子。

我为曾经的疾病心酸,也为我所享受的母爱心酸。

暑假,生活在城里的女儿突然对中草药来了兴趣,她向我发问,我就把曾经的遭际告诉了她,使她的兴趣更大了,缠着我去了一次郊外,我像当年勤工俭学时一样,最先把车前子指认给了女儿。原因非常简单,车前子随处可以见到,田边地头,屋后路边,只要没被水泥或是沥青压着,在乡村到处可以看见车前子身影。它的叶子是宽大的,平平展展地铺在地上,在中间的部位,撅起几根长短不一的花柱,也不怕人踩,前脚踩过去,后脚又跟着撅起来……我记得,我们乡村那儿,管车前子还叫另一种名字——蛤蟆草。

我不明白为何起这样一个名字。是因为车前子的普通和低贱吗?如果是,我倒要盛赞车前子:“你的普通和低贱,却也成就着你,使你坚守着自己的不屈而挺立!”

2011年5月8日　西安曲江

旗袍

张曼玉的风情万种，最应该感谢的就是旗袍了。

《花样年华》电影，已有十多年了，记得住内容和情节的观众，不知能有几许？但要说起张曼玉在电影中穿过的旗袍，每位观众都能说出一两款的，特别是追逐时尚的女孩，差不多都能说得更为清楚。我认识的一位妇人，把生意做得很大，现在年龄长了一些，在《花样年华》热映时，她应该正是花样年华的那个样子。我们春节在一起聚餐，她就穿了一件旗袍，大家赞美她时，她来了劲，说她穿的这袭旗袍，就是香港为张曼玉订制旗袍的那家裁缝铺，为她量身特制的。的确是，这件旗袍太合她的身材了，面料颜色也极讲究，光鲜艳丽，虽是冬季，在暖暖的包间里也映照得她满面生辉。接下来碰杯吃菜，时不时地，还要扯到张曼玉的旗袍，这位身穿旗袍的妇人把《花样年华》中张曼玉从出场到剧终，穿过的一件一件旗袍的式样及色泽，全都说得有鼻子有眼，仿佛她就是张曼玉，在《花样年华》里，一件一件地换穿着那特别的数十款旗袍。

我感到一阵子惊异，很快就又理解了。

国人的服装，拿得出手与西方世界比试的，大概只有男装的袍子和女服的旗袍了。这里我不禁想起老家的一个人来，她叫什么没人说得清楚，但她从 20 世纪 40 年代初，自南方的金陵来到关中西府的扶风县开始，便成了一个传说。

传说中最传神的是麻子太太的旗袍，那时候的关中西府，妇女的服饰，清一色的家织布，不是蓝就是黑，手巧的女人也会扎染几朵梅花什么的，总之，非常的单调。麻子太太从金陵来了，她是国民党将军冯华堂的姨太太，在南京当军长的冯华堂，是我们西府非常少见的一个人物。蒋介石在南京召集国民党将领开会，问大家日本人打来了怎么办，要大家做书面报告，所有的人长篇大论，战略战术地写，冯华堂没有，他在报告中操笔只写了一个“打”字，交给蒋委员长，二话没说，转身就回了他的官邸。他没想到，委员长对他的答案特别欣赏，来日把他的军阶往上升了一级，同时还配给他一个美若天仙的女机要。

这位女机要就是跟他回到老家的麻子太太。

麻子太太的脸上确有几颗小麻子，是白麻子，仿佛北斗七星般分布在麻子太太的鼻翼两侧，不但一点都不影响她的美丽，反而还为她的美丽添了几分彩。她从西府的降帐火车站下车，改乘一辆马拉的轿子上了渭北高原，一路走过扶风县城，再走过法门寺，往东北方向的老家豆会村去……快进家门的时刻，很懂礼数的麻子太太，在冯华堂的搀扶下，从马拉的轿子里钻出来，脚踏在了故乡的土地上，手挽将军丈夫冯华堂的胳膊，一步一步向前走来了……其时正值阳春三月，遍地的小麦都起了身，绿汪汪，泼了油一般，其中还夹杂着一绺一绺的油菜，也都开了花，黄澄澄，招来一群群蜜蜂，一群群蝴蝶。可能是麻子太太太新鲜，太不一样吧，蜜蜂和蝴蝶，纷纷地离油菜地，飞到她的身边，翩翩然然，舞之蹈之……都是本乡本土的乡亲，大家不认识麻子太太，她的将军丈夫大家却是认识的，散落在田野里，或是围观在村庄里的乡亲们认出了将军冯华堂，却也惊讶得问候不出来，大家之所以惊讶，不是因为将军冯华堂，而是因为挽着他胳膊的麻子太太，她一袭红绸旗袍，两边的开衩那么高，在款款的走动中，会露出半截雪白的大腿。

啊呀呀！啊呀呀！

所有的人，不分男女，不分老少，眼睛都盯在了麻子太太的身上，嘴巴张成了一个圆，却发不出声来，像被麻子太太的旗袍施了法，只在心里惊讶，莫名地感叹着。

受周秦文化长期浸润的关中西府，开天辟地地走来了麻子太太。

穿旗袍的麻子太太啊！三日后，送走了将军丈夫冯华堂，她就挑头办起学来，今日这样一色旗袍，明日那样一色旗袍，召集四乡八村的乡绅，在她家支起八仙桌，好吃好喝侍候着，号召大家出钱出力，为地方开办一处新式学堂。不知是大家不理解，还是嫌她是一个穿旗袍的女流，一件造福乡里的好事，响应者却没一人。麻子太太没有气，她把家里待客的八仙桌撤下来，用将军丈夫留在家里的几杆枪，组织起一支小小的武装队，收留下一帮被日本人从东北和华北赶到内地逃难的人，东乡里拆庙，西乡里拆戏楼，拆回来，在她自愿捐出来的百二十亩地上，从春暖修到冬冷，呼呼啦啦地，为家乡办起了一所像模像样的新学校。

学校的学生，大多是抗日流亡而来的东北孩子和华北孩子。开学那日，学生们在学校的操场上列队，唱着慷慨激昂的抗日歌曲……自任校长的麻子太太，在一帮招聘来的教师们的簇拥下,走到学生们的面前,她讲的什么话,没人能记得,但她那天穿的旗袍却被大家记住了,也被大家传说下来。

传说麻子太太那天穿了黑缎子的旗袍。黑缎子黑得闪亮,黑得十分庄重,传说还说黑缎子旗袍上是有花的,什么花呢?是梅花吗?是红色的梅花,还是黄色的梅花?传说很不一样,你传说你的,他传说他的,就这么传说着,还起了争执,但也不会争执到哪儿去,总有和事佬儿站出来劝和。

和事佬儿劝说:“旗袍上什么花重要吗?”

和事佬儿劝说:“麻子太太办的学校才是重要的呢!”

的确是,麻子太太办起的学校,在抗日战争时期,收留聚集了几千的流亡学生,他们一批一批,有一部分从学校毕业直接去了抗日前线,有一部分北上延安,参加了共产党的八路军……对此,大家也有传说,传说青年学子,毕业离校的时候,都舍不得走,把麻子太太像自己的亲娘般簇拥着,有说不完的离别话,熬到最后,终究不能再熬下去。是男生呢,就深深地给麻子太太鞠上一躬,转身含泪而去;是女生呢,干脆扑进麻子太太的怀里,哭上一鼻子,再转身抹泪而去……麻子太太的旗袍,因此会被涂抹上一把一把的泪水。

关中西府解放在1949年的夏季,这么一位热衷办学且深受学子们爱戴的麻子太太,被新成立的地方政权抓起来批斗。批斗的地点,就在麻子太太呕心沥血创办起来的学校里。那一天,学校里人山人海,口号声此起彼伏、沸反盈天……麻子太太身穿一件白绸旗袍,被一条麻绳捆着,像只粽子一样站在众人的面前,她挺着胸,仰着头,仍一脸的浅笑,像太阳一样。批斗会开着,不知是谁起的头,总之是一位妇女,她抓起麻子太太办学时遗留下的一块半截砖,窜到麻子太太的身边,就往她身上砸。这位妇女一起头,呼啦啦拥来一群人,而且都是同她一样的妇女,人手一块半截砖,没轻没重、雨点冰雹似的往麻子太太的身上砸去……主持批斗会的人,有一时的愣怔,到他们醒悟过来,去制止粗布黑衣和粗布蓝衣的本土妇女时,麻子太太已被她们的半截砖砸趴在地上,再也没能站起来。

砸死麻子太太的妇女们事后说:"她和我们不一样!不是一点不一样,是太不一样了!"

现在想,妇女们砸死麻子太太的理由是多么荒唐呀!但却也是她们的心里话,麻子太太和她的旗袍,是太不容于西府妇女千百年的粗布黑服、蓝布裤子了。还有她创办的新学校,也算关中西府史无前例的。女孩子不做针线活儿，也在她的学校里张嘴唱歌，抬腿跳舞，摇头晃脑地念书，她在关中西府弄出了多少与大家习惯了的生活不一样的事物啊！

麻子太太死了二十多年，“文化大革命”后，是砸死她的那些妇女的儿女们联名请愿，为麻子太太平反昭雪，并且在她创办的学校里，集资为她塑了一尊身穿旗袍的塑像。

我就是在麻子太太创办的学校里读完中学，而后到西安上的大学。前几日，一批毕业于这所学校的校友串联起来聚餐，起先选定了二十桌饭，后来增加到五十桌，把那家在西安颇具规模的酒店烦扰得实在没地方摆桌子这才罢休，许多闻讯而来的校友打游击一般，在餐桌缝隙里转磨……突然地，来了一位中年女子，她一袭旗袍，蓝衣白花素绸，小高领、细腰、盘扣、滚边，长度刚好搭在脚背上……她的到来，把大家的眼光全都聚焦在她的身上了。而且她一开口，更把大家的心也都收拢到她的身上了。她介绍了这袭旗袍，说是她外婆的珍藏，许多年了，外婆把旗袍压在她的箱底里，只在春日的时候偷偷拿出来晒晒，然后再仔细地叠好，压回箱底。外婆去世后，母亲继承了外婆的这袭旗袍，她像外婆一样，小心地珍藏着。今天，咱们校友聚餐，母亲把这袭旗袍取出来,帮我穿在身上,让我来告诉校友们,这袭旗袍是麻子太太许多旗袍里的一件,我外婆跟了麻子太太几年,外婆结婚时,麻子太太没有别的东西送,她让外婆从她的旗袍里挑,外婆不好意思,麻子太太顺手取来这一件,送给了外婆。

女校友的话把喧闹的餐会现场说得鸦雀无声,大家站起来,走到穿了旗袍的女校友身边,与她合了一张影。

合影中,那件麻子太太曾经穿过的旗袍最让人心动!

2012 年 2 月 10 日　西安曲江

屋漏短歌

还是租住在早慈巷四号院的时候，夜里刮风下雨，已很老旧的屋上破了个漏洞，滴滴答答，弄得人一夜不得安宁。天一亮，我便攀梯上屋检查补修，因瓦上遍生青苔，寻来觅去，总也找不到漏洞在哪里。后来，还是在下面的妻小用长竿顶了顶漏雨之处，这才发现就在眼皮下裂了一块瓦，更换后浇水试验，漏雨处便不漏了。

这件事过去了很长时间，现在也已搬了家，不再有屋漏之虑。忽一日读书，读到魏文帝的一句名言："屋漏其上，知在其下。"蓦然又忆起那件屋上堵漏的往事，觉得其义深焉。试想，屋顶上有漏，屋下人身受其害，所以对"屋漏"特别敏感，"漏"在何处也自然了解得清清楚楚。站在屋顶上查漏洞，尘泥、苔藓之类隐而蔽之，往往被迷惑了眼睛，反而很难找到漏处。由此及彼，欲查我们政治生活、经济生活中的“漏洞”,是否也可以借鉴此法呢?现在的报刊电视,多多少少都在谈要“纠”这“风”,要“堵”那“漏”,虽然也取得了不少进展,但大多还只是停留在报刊、电视、会议、文件里,纠来堵去,邪风照样吹,“黑”水“黄”水还在流。何也?根本的原因是并未找到真正风源和水流的源头。其实,要找也不难,下去,下到基层去,走到群众中间去,相信和依靠群众,便不难知察纰漏处。报载:四年前美国的一家航空公司,由于经济萧条,已经濒于破产。就在这时,公司的一名飞行员提议建立一条热线电话,让公司的每个员工都能通过热线电话向公司总裁提出自己的合理建议。因为公司的每一位员工都知道公司的资源浪费在哪里,怎样经营管理才能节约开支和增加盈利。公司采纳了这一提议,立即掀起了“热线电话热”,各种合理化建议涌向公司。公司又根据实际情况取舍实施,效果十分显著,不长时间,公司的困难局面便大为改观。如今,该公司通过热线电话已收到合理化建议两万余条,由此节约下来的和额外收益竟达1.14亿美元。

相信群众,依靠群众,是我党的一贯作风和优良传统。但在经济大潮中,似乎不经意间这种作风与我们的一些产品一起被“出口”了。若果真如此,还是“转内销”一些为好,毛泽东很早就告诫我们:“群众是真正的英雄,而我们自己则往往是幼稚可笑的，不了解这一点，就不能得到起码的知识。”为此，我们要时时处处提醒自己，不论办什么事情，碰到什么困难，只要“身”入群众，真心实意地向群众请教，倾听群众的意见，就没有找不到的漏洞，没有解决不了的难题。道理很简单：“十步之内，必有芳草。”“星多天空亮，人多智慧广。”人民群众中蕴藏着不可估量的能力和智慧，怕就怕居“上”者，自个儿妄自尊大，不想也不愿意去挖掘、去汲取。

走笔至此，又想起诸葛亮的两句话：“屋漏在下，止之在上。上漏不止，下不可居矣。”此语与曹丕所言恰成一个统一体。屋上有漏洞，居其下者遭殃，欲补其漏，又必须在屋上下功夫。梁烂者换梁，瓦破者换瓦，不如此，则不仅人不可居，甚至整座房子都有坍塌的危险。联想到当前社会上一阵跟一阵的奢侈浪费、腐败堕落等不良行为和不正之风，的确令人不无“屋漏”之忧。愿在“上”者采取更加得力之举措，并身体力行，堵住屋上漏，保住居下安。

1998 年 6 月 27 日　西安建国门

致问春君

《西安晚报》的副刊，这些年常会独具匠心地推出一个个策划，使版面显得活泼，又十分的好读。近来，又推出一个"五十年情书大展"栏目，供有情人把自己的美好往事捞出一勺，公而布之，在自己品味的同时，也使读者获得一次精神的享受。连续读了几篇后，忽然想起周作人所作的一首七绝："琅玕珍重奉春君，绝塞荒寒寄此身，竹筒未枯心未烂，千年谁与再招魂。"

周作人为饱学之人。六十年前，他是在一本取名《流沙坠简》的书中看到一枚汉简摄影件有感而作那首七绝。他感慨悠悠数千年中华文明，流传下来的情诗不少，但男与女之间所写的情书，却十分少见，尤其如《流沙坠简》里这种"实寄封"一般的物证，就更难得一见了。

周作人所见到的那枚汉简情书，1919 年出土于西北沙漠中的汉时居延遗址。不知周作人见没见到那枚汉简情书真迹，总之，现在谁若欲睹芳容，只有到中国台湾的“中央”研究院历史考古语言研究所去了。

当时出土的“居延汉简”有一万多枚。中华人民共和国成立后，到20世纪70年代初，在原址又相继发掘采集了数千枚，数次相加，才有近两万枚的规模，经考古学家整理编辑，所有简牍仅只有这么一枚寄托相思的情书，其余皆为汉武帝末年到东汉中期的公私文书，如军政文书、钱粮簿籍、法律裁判、买卖契约等，像“致问春君”这样的简文，实在是弥足珍贵的唯一存在。

我们所知汉简文字大多古略，内容也都有一定的格式限制，繁琐而又雷同，谁读都不免觉得乏味枯燥，唯“致问春君”这一件却来得异乎寻常：“奉谨以琅干一，致问春君，幸毋相忘。”短短十四个字，活画出一对痴情男女的相思之慨，具有强烈的个人感情色彩。

“春君”显然是一位女性的名字，“琅玕”则是一件用青色玉石雕琢而成的腰饰。据考证琅干产于昆仑，也就是书简出土的西北边陲。汉简情书上只有“春君”的称谓，而无书简者的落款，这就有了耐人寻味的地方，是知名不具，体现两人关系的亲密无间？还是另有难以启齿的苦衷？我们今天的人实在难以猜想得明白。但有一点可以断定，这位“知名不具”戍守居延烽燧的征人，苦苦地思念着千万里以外的情人，他为她觅得了一件“琅玕”玉饰，想托付返回内地的信使带给她，于是便写下了这枚简牍，衷心地希望她不要忘记他对她千古不变的真情。可是不知何故，琅玕有了，书信也有了，却未能发出……一场刻骨铭心的思念，就此湮没在西北荒寒的大漠中。

岁月无情，居延的烽燧也早已夷为沙土，而这枚寄托痴男怨女相思的汉简却顽强地保存下来，且破土而出。相信所有看到那枚汉简情书的今人，都会如周作人一样，发出由衷的感慨。

夜深人静，我独坐灯下，写着这篇短文，蓦然看见了那位戍边的男子，在如霜的月光下，依旧倚守着居延烽燧的雉堞，眺望着似雪的沙原，静听远方悲凉的箫声……他是不朽的，他就是那枚写着十四个汉字的简牍，历经两千年烈日严霜、飞沙走石，却依然以美的姿态和内涵，回到思绪纷纷的人间，使百代之后的我们不能不为之感动，并从中领受一份凝固的庄严。

“致问春君”，一部久远的不朽的情书。

1999 年 2 月 17 日　西安朱雀门

樱桃别考

“一片春愁待酒浇，江上舟摇，楼上帘招。秋娘渡与泰娘桥。风又飘飘，雨又萧萧。何日归家洗客袍？银字笙调，心字香烧。流光容易把人抛，红了樱桃，绿了芭蕉。”这是阳羡（今江苏宜兴）词人蒋竹山脍炙人口的《一剪梅》。词中的樱桃，初春开粉红色小花，仲暮春成熟。樱桃未熟青色，且硬；成熟则色红，味甜，莹润似颗颗玛瑙。在我们关中，樱桃是十分鲜见的珍物，故有“樱桃好吃树难栽”的俚训。

日本人市川桃子做了篇名为《中唐诗在唐诗之流中的位置》的文章，草草读了，才晓得在唐时的长安，樱桃就非常的珍贵。这个异邦的市川桃子，把《全唐诗》中有关樱桃的诗句都找了出来，相互对照研究，发现同样一个樱桃，在初唐、盛唐和中唐、晚唐时期，却有着迥然不同的待遇。一枚小小的樱桃，叫他这么一对照，让我们从中咀嚼出别样的历史况味。

在初唐盛唐时,樱桃乃贡物,是与皇上和后宫联系在一起的,如荔枝之于杨贵妃一样,毫不逊色。王维有诗“才是寝园春荐后”,便惹出顾况“敕赐樱桃向几家”的诗句。杜甫有诗“千春荐陵寝,永永垂无穷”……这“荐”“敕”“赐”等字眼,把樱桃的地位抬得何等样的高,诗人们赋诗时的虔敬之情跃然纸上。传说当时无论是臣下献与皇上的,还是皇上恩赐臣下的樱桃,盛放时都是格外讲究、极其隆重的,王维更有《敕赐百官樱桃》一诗:“归鞍竞带青丝笼,中使频倾赤玉盘。饱食不须悉内热,大官还有蔗浆寒。”诗中所述,系樱桃用青绦带,盛樱桃用赤玉盘,冰镇樱桃用蔗糖汁,这樱桃哪里是为了吃?超凡入圣简直昂昂乎如庙堂之物了。

到了中唐以后,樱桃价有所下挫,红极一时的物件,不再是皇上的宠珍、臣下的贡献,附着在樱桃上面的光芒日渐黯然了。刘禹锡诗“樱桃带雨胭脂湿”,元稹诗“樱桃花下送君时,一寸春心逐折枝”,已使樱桃飞落在寻常百姓家了。而到李端诗“芳草留归骑,朱樱掷舞人”,居然把高贵异常的东西,毫不吝惜地抛给卖笑的舞妓。王建诗“分朋闲坐赌樱桃,收却投壶玉腕劳”,说明樱桃已被用来资以赌博了。樱桃从宫中贵胄沦落为下里巴人，其所遭受的世态炎凉、命运变迁，自然不能怪罪诗人的秃笔，而实在是一种历史的无奈了。

我们所经历的20世纪70年代初，有一种叫杧果的水果，其沉沉浮浮之过程，竟与唐时的樱桃惊人的相似。这种历史的重复，今天想来，让人感到一种哭笑不得的苦涩。

在这里，我们不妨轻松一下，到街市上去走一走，樱桃有卖，杧果也有卖。特别是那樱桃，正值暮春时节，长安、户县的樱桃种植户，把熟透了的樱桃挑运进城来，丰富着已十分繁荣的西安市场。

樱桃是非常娇嫩的物什，采撷须在日未出、露未收的清晨，开市人影熙动，艳若深闺女子的樱桃，带露含羞地躲在一叠绿叶之下。若诚心购买，可掀开叶子，大小匀称、色气清丽、凝脂如珠的樱桃，便勾了你的眼睛，欲买半斤，却加量地称了八两。但这时，你千万别太心急，不要伸手即抓，小心着别拿指甲划破了樱桃的嫩皮，残损了“红粉佳人”。你去一粒一粒地捡了，拿回家清水一洗，衔一枚于口，圆圆润润，轻轻一咬，唇齿间已是汪汪一片流饴。且听人说，此等物什又有滋阴养颜的功效，便更为一些姑娘、媳妇所钟爱。樱桃从初市到匿迹,总是夺人眼球,让爱美者乐此不疲,趁着这艳艳春色,追逐那永远的妩媚。

1998年3月14日　西安建国门

遐想兰亭

把英雄小沉香的斧头借给我吧。他能用那把斧头劈开华山，救出老母，我就能用那把斧头劈开九宗山，救出王羲之的《兰亭序》。这是我 2002 年 4 月寻到唐太宗陵前最为强烈的感受。

一代明君李世民，竟是那样的贪墨，从谏如流的一代英主，却也玩起小人的把戏，使用了遭人唾弃的骗术，把《兰亭序》据为己有。死了，还念念不忘把真迹殉葬墓室。他的这一“丑行”，使千年后的我们站立在他的陵墓前，为他深感羞愧而脸红。有风从山脊吹来，我凝视那败草萋萋的山陵，不禁喊了出来：“李世民，你不该把事做绝了！”

我的叫喊声随风而散。自古帝王，有谁不是绝情之人？如果他能克制自己，心存善缘，他就不是帝王了。英明的李世民尚且如此，何况他人？然而，正是他这一贪，便给后人留下了许多的遗憾，而遗憾像残缺的女神“维纳斯”，给人无限的遐想。这么想着，我原谅了贪墨的李世民，甚至有点感激他了。因为他是真正喜欢《兰亭序》的，他一定是用他治世的思想为《兰亭序》的传世考虑过了，他知道世事的纷乱，那薄薄的纸页又该怎样经历纷乱的世道呢！他放心不下，便把《兰亭序》与自己安葬在一起，设想着用他自己为《兰亭序》筑起一道防线。

思绪中又出现了一位白髯老翁，品貌飘逸，骨相放达，他就是时誉日盛的草书大师于右任先生。唐太宗逝世一千三百多年后，先生诞生于昭陵所在九嵕山之阳，而他也是一个痴情《兰亭序》的大家。先生五岁牧羊，七岁入私塾，十七岁成秀才，二十五岁中举人。他七岁入私塾那年，即苦学王羲之，作“十七鹅”，每个“鹅”字飞、行、坐、卧、偃、仰、正、侧，各不相同。王羲之爱鹅，他写鹅，遥接了一种心灵上的呼应。先生客居中国台湾后，还组织诗人修禊，集《兰亭序》之字为诗，“夫随沧浪亭林老，俯仰之间一遇之”，尽抒他对书法圣地——兰亭的眷恋，与人书作，亦常旁题“以我法写兰亭字”，尽表对王羲之的景慕。先生过世后，他墓碑上所刻“于右任先生之墓”七字，集的也是王羲之的行书。

先生崇拜王羲之，入了骨，入了心，入了灵魂。

我的遐想偏离了思维轨道，迎着一阵比一阵硬起来的山风，觉着正有一股千年的墨香，穿透了历史，穿透了时空，穿透了厚厚的黄土，浓浓地包裹了我……鹅池、流觞亭、小兰亭、御碑亭、右军祠……远在浙江绍兴的古兰亭，瞬间充满了我的全部思维空间。

鹅池中有白鹅数只，想来已非晋时鹅，而池畔石碑上的“鹅”字，却尽现了晋人银钩铁划的风骨。这“鹅”字是王羲之亲笔所书吗？传说也许可为我们证明，说是王老先生一次到鹅池洗笔，却被池中白鹅激发灵感，用笔端的余墨为后世留下了那一个势如风云的“鹅”字。

过鹅池，有一条小溪，沿着溪水西行，不远就是流觞亭了。东晋穆帝永和九年三月三日，王羲之、谢安、孙绰一行四十一人，会于景色绝佳的山阴兰亭，举行祓禊之礼。是日，他们在这弯弯曲曲的溪水边，列坐放言，让酒觞缓缓漂流，酒觞一旦被石岸阻滞，在谁面前，谁就得即兴赋诗。作不出诗来，则罚酒三觞。其时，溪岸虽无丝竹管弦，许多人却能一觞一咏，其中二十六人，成就诗歌三十七首。率性狂狷的王羲之，注定被那日的情景感动，贤达的他就去流水潺潺的溪畔，汇书了全部的诗篇，并欣然作序记之。那一种风雅，那一种洒脱，从此千古流芳，成为一页不朽的书典。

我辈生来晚矣，没福看到王老夫子当年鼠须般纤细的毛笔在蚕茧纸上书成的《兰亭序》真迹，但在古旧书店购得一纸天蓝底色着白字的影印帖（神龙本唐摹赝品），已然令我心旌摇荡，思绪难抑，择日来到九嵕山上，以后生家不自量力的冲动，向太宗皇帝追索《兰亭序》的真迹。

追索是不能的。夕阳西下，袅袅的暮霭中，我离开了太宗的山陵，而一缕古典情怀仍挥之不去，在胸中荡漾着：兰亭，兰亭……你那越王勾践种植兰花的地方，一场风流事，却被风流埋。

2002 年 2 月 25 日　西安后村

篱笆墙的影子

居住底楼的几户，开春时节，先有一户在向阳的一面地上，沿道牙栽了一圈矮矮的竹篱笆，篱笆内植了月季、玫瑰、芍药等花草，还种了蒜苗、葱、韭菜等蔬菜。有人做了样子，其他几家也照着样子来，栽篱笆，植花草，种蔬菜，遇着了一场通通透透的春雨，花含苞，草发芽，蔬菜吐了绿，眼瞧着，一派田园景象，心里满是平怡和乐之感。

苏东坡诗："宁可食无肉，不可居无竹。"他这首诗道破了国人传统文化的一个趋向，庭院深深，少不得栽花种草，那既是一份雅致，更是一种精神。读书如谋面，可以想见，苏子当年的吟诵，肯定是在竹木丛中乘兴而作。但比他还要早六百年的晋代文士王子猷，似乎就没有他那个好心情。子猷一时寄居人家空宅，受不了满眼的空寂和荒凉，遂要人栽竹，人家答曰："暂住何必烦此？"子猷则目指移来的翠竹，啸咏良久，说："何可一日无此君。"

扎上篱笆，栽上花木，虽然个人趣味不同，所嗜花木各异，如陶靖节偏爱菊，周濂溪偏喜莲，王子猷、苏东坡偏嗜竹……凡此种种，大约不能强说只是个人趣味，其中包含着一种强烈的文化品格和文化精神，表现了一种诗意的人生态度。当然，或许还有更丰富的象征需要我们来发掘。

栽花就栽花，植竹就植竹，为什么总要扎起篱笆来，才大肆栽花植竹呢？细思量，好像有私欲在作祟，己所爱的，必栽植在篱笆墙内，心里才踏实，才有美的体会。强烈的私念，在低矮的篱笆墙内膨胀着，强化成了一种顽固的领域意识。

如果篱笆墙不能巩固已有的领域，很自然的办法是，砌起一圈围墙来，小家有小家的围墙，大户有大户的围墙，十户百户聚集在一起，成了村镇，还得筑起大的围墙，千户万户聚集在一起，成了城市，那就更得筑起高高大大的城墙……巍峨蜿蜒的万里长城，用它厚重的历史承载，证实着中华民族当时的疆界和领域。在这个领域内的土地，都是中华的土地，生活在这个领域内的人们，都是中华的子民……领域内的一切，都是中华的私产。

总有些东西有些地方还不好或无力围一圈篱笆或砖

土的高墙,有人就想出一个绝妙的办法,在他可以控制的领域边沿,修建一座有象征意义的门楼。梁思成先生在20世纪初考察山西,写了部《晋汾古建筑调查纪略》的书,有一段话就很能说明问题:“山西的村落无论大小,很少没有一个门楼的。村落的四周,并不一定都有围墙,但是在大道入村处,必须建一座这种纪念性建筑物,提醒旅客,告诉他们又到一处村镇了。”当年梁思成先生描绘的这一幅情景,发展到今天,不但没有消除,还有发扬光大之势。如今坐上车随便往哪个方向去,在公路上随处可见各村镇修建的那种象征性门楼。不仅村镇间建,乡与乡之间、县与县之间也在建,只是修建用的材料有了变化,多是钢铁搭起的一个大架子,架子上写上界名以及标语口号。

门楼在这里分割了空间,造成门内门外的空间转换和心理转换。大到“国门”,小到家庭的房门,都有了领域的特性。国门大,区别了域内和域外;家门小,区别着主人和客人。

我们国家现在实行改革开放政策,国门是大大的敞开了。我们的人民也充分享受到了敞开国门的利益,但还不能说我们心中那个持续时间很久的“篱笆墙的影子”已经消失殆尽,我们正敞开胸怀拥抱世界。别说拥抱世界了,自己的领域内都还有许多壁垒，涂抹着冠冕堂皇的理由，阻挡在社会经济发展的道路上，那是需要认真清除的。

“国”与“家”一个理。谁能保证关起门来万事不求人。把寨门打开，甚至可以把篱笆拆掉，你大大方方地到他的领域去，他大大方方地到你的领域来，相互交流，相互融合，才会有花草竹木满园春的灿烂。

2001 年 12 月 2 日　西安后村

中国门

唐朝大诗人白居易作《伤宅》诗云:“谁家起甲第,朱门大道边?”朱者,红色是也。在封建社会,能乐居朱红大门内的人家,肯定不是等闲之辈,因为那时候,门色是等级的一种标志,不是谁想把门用油漆涂成什么颜色就能涂成什么颜色的。民间流传至今的“门脸”一词,就充分说明了这一点,即“门”为一个家庭的“脸”,其威势是何等的重要,当可窥其一斑。

汉代卫宏《汉旧仪》说:“听事阁曰黄阁,不敢洞开朱门,以别于人主,故以黄涂之,谓之黄阁。”原来官署不漆朱红,是为了区别于天子。如此可见,朱漆大门,曾是至尊至贵的象征,不好随便使用。由此,朱户还被纳入“九赐”之列,所谓九赐,盖指天子对于诸侯、大臣的最高礼遇,即赐给九种器物,这九种器物主要有车马、衣服、乐则、朱户、弓戾、斧钺、纳陛、虎贲等。可见朱户的得来是多么不易，不是为诸侯、为臣僚者可以用钱来置办的，而是要等待天子的赏赐。这样的赏赐，无论对谁都是不可多得的礼遇，是可以壮壮自家门户的神色的。至于黄色门，也极显贵，以致唐朝用“黄阁”指宰相府，用“黄阁”借喻宰相。因此，白居易在《伤宅》一诗中所写的朱户之家，能是寻常百姓吗？好在他于诗的末尾写道：“主人此中坐，十载为大官，厨有腐败肉，库有朽贯钱。”这应是对那些朱户人家的一个真实描述。在朝做了十年高官，幸遇恩主赏赐，宅第大门自然不能像普通老百姓那样，开在坊里背巷，而是要直冲大街，门色更是不能马虎——务必漆成朱红。

明朝初年，朱元璋亦颁诏申明：公侯门用金漆，一品二品官员用绿油，三品至五品用黑油……凡此种种，对官民宅第大门的漆油做了严格的规定。只是到了后来，纲纪废弛，那种森严的等级制度才得以打破，例如三品至五品官员专享的黑漆大门，在士民家庭中亦日益得到普遍采用。像电影《大红灯笼高高挂》的实景地，山西祁县乔家大院的门色，亦为黑色，而乔家的主人，不过是一有钱的商人罢了。山西如此，陕西亦如此，在我们关中道，就能看到不少老宅，门楼大都极富装饰趣味，其色调多为深灰色的瓦顶，灰白的台阶，黑漆的门扉，门扉上贴红地对联，于这灰与白、白与黑中透出鲜亮的颜色。不用问，其昔日的主人或许是个商人，或许是个手工业主，抑或仅是个有十亩土地一头牛的小财主。但就在这大普及之中，还有一条规则，直到中华人民共和国成立前还顽固地保留着。

那便是大门的形制了。安装大门时，你有钱便尽可以雕砖镂花、飞檐翘角地起一座门楼，门楼也可以威赫赫地雄踞两座石狮，但无论如何不能修砌成翕门的形式。所谓“翕门”，就是两边耳墙可以“八”字形内收进来，也可以直角形退缩回去，使一样的大门显出不一样的气势。翕门内的人家，无论是富甲天下，还是一介布衣，只有家中有一人考取功名或被众人推举为贤者，才可当之无愧地享受这样的尊荣。

自然，历史上民间多是白板扉，且历代诗人多有描述，例如唐代王维的《田家》诗有“雀乳青苔井，鸡鸣白板扉”，南宋戴复古《夜宿田家》诗有“夜扣田家白板扉”。诗人所说的田家，实指普普通通的农家户，而“白板扉”，便是农家的门，不施漆彩，原始的木色，再加点风剥霜蚀的陈旧模样。因此，“白板扉”与朱门彩扃相比起来，自然要逊色寒酸许多，活化了农家生活的俭朴随意。

民间更有许多柴扉，显示着自己的赤贫和无奈，也固执地透露着自己的不平与抗争。所谓“贫家出孝子”“穷困出英才”，都是对柴扉贫家勤勉互助、励志向上的精神的赞美。

虽然历史上的君王们对门的漆色、形制曾做了种种规定，却对门神给予了很大的自由，不管朱户、黄阁，还是白板扉、柴扉，都可不加约束地贴上驱鬼怪、保平安的门神。

中国的门神，一为秦琼，一为敬德，二者是神亦是人。他们哥儿俩未变神前，都是唐太宗李世民不可多得的虎将。玄武门之变，李世民杀掉兄长建成、弟弟元吉之后，只有秦琼、敬德为他把守宫门，才能合眼睡觉。久而久之，两位活生生的虎将变为画符，贴到宫门的门扉上。传到民间，人们把二位门神雕成木版，印刷出来，商品似的，让人请回家去贴在形形色色的门上，为劳动大众守业护院，成为人们至为尊敬的神祇。

两位赳赳虎将，从人变成画符，贴上门扉，再由人编成戏，从门扉上走下来，登上戏剧舞台，又为人们提供了丰富的精神享受。

清朝洪昇的《长生殿》就把门神写得十分和善可亲。该剧第三十七出，杨玉环鬼魂持着土地爷赐的路引来到长安的皇宫门前,遇秦琼、敬德两门神,一个黑脸,一个白脸,披金甲、执鞭锏怒目相阻。后二神知是杨玉环,便低首恭让:“娘娘请自进去,吾神回避。”这便是门神的逼真写照,其面色、表情、装饰、武器都写到了。

专以门神为题材的剧目,还有明朝的短剧《闹门神》和元杂剧《盆儿鬼》。《盆儿鬼》写了包龙图通过一口陶盆实现了人与鬼的对话,纠正了一起冤案,使恶有恶报,善有善报。短剧《闹门神》即通过新门神与旧门神的一次冲突,把那种尸位素餐而又贪权恋栈的官场丑态表现得淋漓尽致,令人捧腹。

这该是中国的门,和在门上演绎的一些故事。

2001 年 10 月 27 日　西安后村

“东西”论

在我整理的卡片中，有俩巧妙嵌入“东西南北”的联句，用“东西”去应“南北”，获得了很好的修辞效果。

> 南通州，北通州，南北通州通南北；
> 东当铺，西当铺，东西当铺当东西。

倘若感觉此联有文字游戏的味道，那么下面一副写于19 世纪 20 年代的嵌字联，则活化了曹锟贿选民国总统的丑恶嘴脸，一针见血，极具讽刺意味，不啻为政治斗争的一锋利器。

> 民犹是也，国犹是也，何分南北；
> 总而言之，统而言之，不是东西。

此联在嵌入“东西南北”之外，更嵌入“民国总统”四字，“东西”与“南北”相对，似指方向而实斥恶人；它们与“民国总统”一起，共同组成了一句痛快淋漓的骂语：民国总统不是东西。

“东”与“西”两字，已不似前面的联句，在这里完全丧失了方向感，专指曹锟这一个人了。当然了，“东”与“西”携起手来，在许多时候，是泛指一切物品。凡此种种，正是我这篇短章所要讨论的。

许慎的《说文解字》认为，东是“从日在木中”，西是“日在西方而鸟栖”，这说明“东西”最初指物，只是到了后来，我们的祖先在长期的生活实践中，渐渐地才赋予“东西”方向的涵义。但不论怎么说，“东西”指物品是早于“东西”指方向的。这还可以从甲骨文与金文的考证来证明，“东”的繁体字和象形字均如一个无底袋，里面装着物品，而把两头用绳束紧。而“西”字更像一座山，在权威的古文字学家那里，被坚定地认为是一器物，当然也有人认为是人的脑门，不管是器物还是人的脑门，这两样总归都不指向“方向”。因此“东西”为物品是早有定论的。

“东西”泛指物品得到强调和肯定，还得感谢宋儒大家朱熹和他的朋友盛温和。据传,一日朱熹上街闲走,遇好友盛温和,见其手挎竹篮,就问他干什么去。盛开玩笑地说:“买东西去。”盛还用“五行”之学做了解释,云:东方属木,西方属金,金木皆物品也,可以用竹篮装载;南方属火,北方属水,水火之类,谁又能装在竹篮里?所以上街提篮就只能是‘买东西’”。朱熹听罢,捋髯称善。如此传播开来,“东西”泛指物品的习惯便确定下来,后来发展到带上感情色彩指人或动物,前文所举第二联,即是一个鲜明的例证。

“东”和“西”在五行所举的五个方位中也是最直观的,太阳、月亮从东边升起,西边落下。古代神话,东西对举的神人和神物也特别多。例如,有西王母,就有东王公,有西昆仑,就有东泰山……而“南北”就极少这样的厚待。尤其是“东”,在五行中显得更为尊贵。古代帝王的宅第,一概建在城市的东边,尊称东第。“东宫”是封建帝王所封太子的居所,亦以此指太子,因此形成的制度不能有一丝一毫的改变。而古人的厨房必须建在庭院的东边,俗谓之“东厨”,依此类推,灶神也被戴上了“东厨司令”的桂冠。自周至汉,室内东向的座位是最尊贵的,电视剧《东周列国·春秋篇》中有许多这样的镜头:客人入室,主人要把东边的座位让给客人,而自己则坐西边的座位,因此后世人称主人为东人、东家、东翁、房东、东道主，等等，就是这个道理。而西向就要逊色一筹，所谓“日没鸟投林，归栖巢上宿”，完全没有了旭日东升的朝气，说得好听一点，也如唐代诗人李商隐诗中所云“夕阳无限好，只是近黄昏”，饱含着一种迟暮无奈的情绪。

前拉后扯了这许多，都是为了论说为器物的“东西”。这样的“东西”新的也好，老的也罢，特别是老出了品位，老出了风格，老出了老样子的“东西”，才是我们所尊崇的。

老的器物，像瓷的，无论是花瓶杯盏，还是茶壶碗碟，都是有些年头的那些曲线圆熟安静，釉色沉稳拙厚；木的，无论是桌椅箱柜，还是茶几花架，凡是有些年头的那些，造型古朴典雅，着色深沉高洁，都不是此类的新式东西所能比拟的。新式的东西，看在人眼里，大多总觉一股子生涩，说不清楚是哪里多了一点点，或者是哪里少了一丝丝，让人怎么看怎么不安心。

知识分子也是老的好，做事做学问风雅谦和自不必说，就是喝杯酒、饮盅茶，也是意味深长。做人更是余音袅袅，从来不会面红耳赤，很有知识分子的本色。卞毓方在他为马寅初先生写的一篇短文中，借季羡林的口说，新中国成立以来的知识分子，他最佩服的有两个：一个是马寅初，一个是梁漱溟。这两个人都是“古色古香”的大丈夫:一样的刚正不阿,一样的敢作敢当。马老守正白眼朝天,立世青眼向文,高扬了一种不可动摇的科学精神。梁漱溟遭劫后被关进一间小屋,既不呼天抢地,也不长吁短叹,而是优哉游哉地写起了学术论文,相继有《儒佛异同论》《东方学术概要》成卷,其超然物外的胸襟和目无凡夫的气度,能不令人叹为观止?

2000 年 2 月 28 日　西安后村

残酷的牙齿

国人讲究吃，且吃出了深奥的文化味，吃出了许许多多的美食家。

所谓“美食家”，愚以为既应该是吃美食的人，更应该是吃得文明的人。而事实是，某些食物固然为美食，但由于人的残忍，遂变得有失文明，变得不那么美了。像这种残忍的吃，历史上多有血迹斑斑的记载。国人依稀不能忘记的，该有“生剐驴肉”和“活烤鹅掌”两种食物。前者，典出于清初钱泳《履园丛话》卷十七：

> 山西省城外有晋祠……其地有酒馆……曰“鲈”，盖借“鲈”为“驴”也香馆。其法以草驴一头，养得极肥，先醉以酒，满身排打。欲割其肉，先钉四桩，将足捆住，而以木一根横于背，系其头尾，使不得动。

初以百滚汤沃其身，将毛刮尽，再以快刀零割。要食其前后腿，或肚当，或背脊，或头尾肉，各随客便。当客下箸时，其驴尚未死绝也。

后者，仍典出《履园丛话》：

有某公，车主好食鹅掌。以鹅置铁棱上，其下慢火烤炙，鹅跳唬不已，遂以酱油旨酒饮之。少焉鹅毙，仅存皮骨，掌大如扇，味美无伦。

当然，所列这两种残忍吃法，在如今的餐桌上已经绝迹，成了传说，但“美食家”现实的菜谱中，那种种的残忍远没有绝迹。

西府凤翔有道名菜——钱钱肉，至今仍为富商显贵津津乐道、孜孜以求的口中餐。但据当地炮制此种美食者传言，那钱钱肉（驴之阳物）是要从驴身上活取的。取时必备一毛色鲜润、体态丰腴的草驴，对叫驴百般献媚挑逗，直至叫驴的阳物完全暴露充血、硬朗挺拔时，一男子手执利器，迅疾上前取来。其时，叫驴惨嚎不绝，颓然扑地，复又弹起，反复无常，血干而死。这样，所取之叫驴阳物炮制的钱钱肉才会丰硕、肉质纤细，才会大补，滋阴壮阳。

在市场经济倡扬的今天，凤翔的钱钱肉更是大行其道，堂而皇之地上了大酒楼、大宾馆的食谱，而且成了人们社会交往中相互馈赠的佳品。但我想问，食客们在啮食钱钱肉的时候，可曾知晓“活取叫驴阳物”的惨景？知晓了又会有怎样的心情？

也许食者想了，也许食者压根儿就无须想，因为食者谁曾亲临那残酷的现场。但我们芸芸众生，谁都会上菜市场去采购，在那里一定会看到卖鹌鹑的小贩，吆喝来一个买家，他会很熟练地从笼中拎出一只鹌鹑，用大拇指长长的指甲，往鹌鹑纤弱的咽喉上一扎，“唰”地一下，鹌鹑的皮连着纷乱的羽毛便血淋淋剥离开来。而这时，可怜的鹌鹑连一声呻吟都没有，鼓凸着眼睛，极痛苦地张着嘴，两只裸着血肉的爪子无助地挣扎着……一只又一只，一天又一天，一年又一年，不知多少鹌鹑就这样毙命在小贩血糊糊的手上。

惨不忍睹！我只见识了一次，便发誓今生不吃鹌鹑肉。

前不久，笔者去了一趟欧洲，与那位给我们当翻译的王小姐闲扯，她已在国外多年，先生和儿子的饮食需要她料理，因此常到菜市场去。她发现买只鸡鸭回来，若是倒提鸭爪鸡脚行走，立即会有人向你提出抗议：不许虐待动物。你若坚持不听劝告，他会进一步报告给环境保护或动物保护组织，亮出罚款之类的措施惩治你。他们认为，这是文明人应该具备的平常心，热爱自然，热爱自然中的一草一木，热爱自然中的鸟兽虫鱼。

一头驴子，一条蛇，一只猴……当它未死时，是生命，它有权利不被虐待，不被欺凌。而当我们食其肉时，它变成了食品。在这个生命变化为食品的过程中，人类是应该摒弃一些非人性的陋习，建立一种充满同情和爱心的良好习惯和行为。

1997 年 7 月 17 日　西安建国门

熊掌什么味儿

丁丑年春节,友人得一熊掌,约我与家人同去享受。这实在是一次不可多得的机会,因为我深知在中华食典中,熊掌的名贵是冠盖群芳的。然而我不能人云亦云,睁着眼睛说瞎话,熊掌在我嘴里的感觉,似乎还不如三原的猪蹄有味儿。细品之后,唯觉一点特别,只是熊掌肉更筋韧黏腻一些。

“鱼,我所欲也;熊掌,亦我所欲也。二者不可得兼,舍鱼而取熊掌者也。”也不知亚圣孟子吃没吃过熊掌,抑或是那时的烹饪技艺比现在更好,他老先生吃过味美绝伦的熊掌。总之,是他这一句话,把个熊掌一下子抬到了至高无上的地位。好像他们那个时代的人(尤其如他一样有名的人)特别会吃,也能吃出名堂(文化)来。在他之前的孔丘大圣人,便在《周礼·天官冢宰》一文中,总结出“珍用八物”和“八珍之齐”美食佳肴。遗憾的是，孔丘的八珍十分概括，全无具体所指。也许这正是圣人的高明之处，后世之人为了证明自己的聪慧，代有才人用“八珍”二字大做文章。起先是北宋元丰年间的陆佃，在一本名为《埤雅》的书里，把“牛、羊、鹿、麋、狗、狼”等定为八珍。元代佚名的《馔史》、明代张九韶的《群书拾唾》、清代袁枚的《随园食单》等书紧随其后，相继都开出了八珍的名簿。各抒己见，说法难得一致。依现在人们的研究和认识，陆佃的八珍似乎更现实一些。然而，得到人们普遍认同的却是张九韶选定的八珍，辨识一下那稀奇古怪的名讳，任谁都会吓一跳的：龙肝、凤髓、豹胎、鲤尾、鸣炙、猩唇、熊掌、酥酪蝉。

突出神奇怪异，强调闻所未闻的东西作为八珍的张九韶，得到人们的普遍认同，实在是一件非常滑稽的事情。充分揭示了某些中国人（特别是部分自以为很有文化的人）盲目崇古媚上的心理趋势。凡是古人或大人物赞誉过的美味，你还能怀疑吗？还能去提反对意见吗？于是乎这些美味无条件入选“八珍”。孟轲老先生是仅次于孔丘的圣人，他讲究“舍鱼而取熊掌”，如此高的评价，熊掌当然该是八珍中的一味。《韩非子》提到过豹胎，《庄子》记载了鸣炙，《吕氏春秋》说起过猩唇，《晋书·潘尼传》讲到了龙肝……凡此种种，张九韶是不论其有无，一概不敢疏漏，通通收进八珍。好在清朝乾隆年间，要搞规模空前的满汉全席，这才发现八珍之中有好几种，不仅无处寻觅，连要弄清所论何物都十分困难，根本无法实际操作。然“八珍”之名又不能舍弃，舍弃便不成满汉全席，于是只有从实际出发，对“八珍”做了现实的修改补充，“熊掌、象鼻、驼峰、猩唇、鹿尾、猴脑、豹胎、燕窝”便成了新八珍。熊掌到这时，连升六级，始为八珍之首。爬到如此高位，而熊掌本身并无什么特别的味道。这便难为了厨师，有必要想方设法维护熊掌的权威。所采取的方法，只能是千方百计在烹饪技巧上做文章了。有文字记载，宫廷御厨烹饪熊掌，规定程序有“泡、发、焖、刮、剔、浸、漂、切、煨”以及“扒、烧”后续加工等十几道工序，要用“猛、旺、大、文、小、微”等七八种火功。烹制加工的时间，至少三天。讲究一些的，则要用去一个礼拜。同时还要解决熊掌本身无味的缺陷，办法是用“鸡、鸭、火腿、猪肝、干贝”等作为辅料，与熊掌置于一锅，微火慢慢煨煮两到三天，饱浸这诸多美味后，将熊掌取出沥干，或烧，或扒，或焖，成菜上桌，如此，食用起来始才有味儿。

可惜，知道这一切时已经迟了，虽然有了一次品尝的机会，熊掌却未给我留下“八珍”之首应有的回味。以后还会有这样的机会吗？也许会有，但我决计不再参与了。因为，在我眼前活动着的，时常会有一头原本憨态可掬的黑熊，它跛着一条无掌的腿，鲜血淋淋地隐没在葱茏的林莽中。

1997 年 7 月 1 日　西安建国门

餐桌四友

碗、筷、勺、碟子，是餐桌须臾不能缺少的用具，缺一种都不行，缺一种就会让人出洋相。比如盛饭，不用碗，能把锅端上桌来？比如盛菜，再好不过碟子了，能充分展示菜的色和型，不用品尝，看着就舒服。用筷子夹菜，夹得巧妙，夹得文明，夹得有条有理，西方民族叹为奇技，无论平民高官，到中国来，都要好奇地学习使用筷子，乐乐哈哈，不亦快哉！特别是这筷子的长短配置，先民早就应用了数学的“优选法”，长一寸，则肯定显长，短一寸，则肯定显短，使用起来便不顺手，让人真是怀疑数学大师华罗庚创立的不朽命题“优选法”，肯定得到了筷子的启发，也就是说，先有了“优选法”的广泛应用，才有了华氏“优选法”的总结。喝汤用勺，天经地义，没有勺子，总不能端起汤盆仰脖痛饮吧，一桌人，三五个，七八个，一人端起汤盆饮一口，那该是怎样一种景观，好看不好看不必说了，肯定有卫生隐患，其中一人感冒了，流着鼻涕，端着汤盆饮一口，不知谁还敢接着再饮。

智慧的祖先，在餐桌上的发明，不亚于文房里的创造。文房中的笔、墨、纸、砚，因为为文化人所用，珍而爱之，赞其为文房四宝；餐桌上的碗、筷、碟子、勺，饮食之人谁能不用？就说文化人，也要吃，也要喝，怎么就不能也把这四件物什称为餐桌四宝呢？而以愚夫之言，咱也不沾文房四宝的光，以示区别，咱就叫餐桌四友好了。

所谓友，便是你中有我，我中有你，相互依赖，取长补短，友好团结。碗、筷、碟子、勺，不正具备了这样的素质和精神吗？四样用具，仿佛四位好友同在一张餐桌上，相互依存，从来不闹独立，从来不搞分裂，彼此间也不拆台，不排挤，不轻视，不幸灾乐祸，不落井下石。若反其道而行之，挤掉其中一样，世间的餐桌上，岂不有了一大缺陷，哪里还会有如今的和谐美满。

为餐桌四友喝彩吧！

碗、筷、碟子、勺四种餐具，都在餐桌上尽着自己的力，司着自己的职，到位不越位，帮忙不添乱，各做各的工，各干各的活儿，他不挑你的毛病，你不揭他的伤疤，甲不嫌乙矮，乙不笑甲小，丙不道丁短，丁不论丙细，申明着他们四友之间各有所长、各有所用的优势。盛菜不用碗，盛饭不用碟，夹菜勺不便，舀汤筷不成。四友居于餐桌，错落相处，不争宠，不抱怨，让人能不敬佩，能不赞叹！

大席大宴也好，通常的一顿百姓餐也罢，碗、筷、碟子、勺都要齐动员，不为富贵而自卑，不为贫贱而自傲，团结协作，尽各自应尽的责任。人生在世，一日三餐，一年千餐，若能寿高七老八十，就得用上十万八万餐，餐餐少不了餐桌四友，顿顿都得重新来过，四友的功劳不可谓不大矣。然却常被人忽略，被人轻视，而四友依然不亢不卑，依然尽职尽责，其可贵的奉献精神由此可见一斑。从上得餐桌以来，餐桌四友就默默地与人做事，日复一日，年复一年，百年、千年、数千年，酸甜苦辣不畏，生熟冷热容得，不求报酬，不图享乐，生命不息，服务不止。

现在有句时髦话，做什么光彩的事情都要用“大餐”来形容，春节文艺晚会成了“大餐”，足球比赛成了“大餐”，报纸的版面成了“大餐”……总之什么东西吸引人，什么东西好得人心，都以“大餐”而名之。有了“大餐”，就得有餐桌四友，有了这四友的模范服务，“大餐”才会淋漓尽致地表现出自己的色香味来。

2000年4月7日　西安后村

养花偶得

闲暇会有的，闲情也会有的。怎么打发闲暇，又怎么打发闲情，各人都有自己的安排。我的逸兴不多，随意种些花、植些草，便怡然乐在其中了。

花草之韵事，侍弄日久，觉得它们也是有生命的。武则天妒忌牡丹，林黛玉痴情葬花，恐怕她们多是这么想的呢。再是韩昌黎的依赖——“花木红紫尽知春”，苏东坡的痴心——“只恐夜深花睡去”，想来都是对花儿的深情吟诵。

俗陋如我，却有高涨的养花热情。分了新房，与妻小领了钥匙来看，别的倒不怎么上心，呼啦啦一家三口都拥到阳台上，只觉得阳台好大，阳光好亮，与妻商量，在阳台务必要养几盆花。紧急装修的日子，总会望着宽敞明亮的阳台发呆，幻想美丽的花朵正在阳台上沐浴阳光雨露，荡漾丽质馨香。

搬进新居的当天，我便急不可待地去了花市，买回来一盆文竹、一盆吊兰和一盆观赏石榴，单调的阳台立马绿意盎然，风景这边独好了。然而却有一样东西刺痛我的眼，让我觉得特别不舒服。是什么呢？是栽着花草的塑料盆，我心爱的文竹、吊兰、石榴，怎么能生长在俗不可耐的塑料盆中呢？还有盆中的土，好像建筑垃圾，有一半都是沙子，明摆着，这是抠门花商的罪过。本来想着去和花商理论，再想想理论能有什么结果，于是作罢，结合平时观察来的经验，自己动手为花草换盆换土。

塑料盆倒也好换，花钱买回了高雅南泥的。而换土却费了不少的周折，听说终南山老林的腐殖土最好，自己骑着摩托车兀自进了深山，采得大大的一包。盆换了，土换了，又有大肥大水的供养，成效起初是蛮不错，几朵石榴花艳红似火，摇曳枝头，几多风情，喜得我夜里做梦都是石榴花的绚烂。谁知好景不长，才半个月的光景，石榴树浓密的叶子日渐凋零，花也兀自坠落。心想是不是缺水了，缺肥了？于是肥施得更多，水浇得更勤，围在两侧的文竹和吊兰也大得实惠。总结他人的经验，施的肥已改为有机肥，把黄豆碾碎，沤烂埋进土中；浇的水也改为熟水，把从自来水龙头接来的水，放在太阳下曝晒数日，再来浇花。然而所有的功夫都白费了，三盆花草，怎么也不领情，先是文竹的根烂，再是吊兰的叶死，前赴后继的木本石榴独自撑了一小段日子，也叶尽枝枯。心里难过了一阵后，想自己虽有爱花之心，却无护花之才，于是作罢，便把空花盆弃之一边，不再多心养花。

花不能养，养鱼又怎样呢？也不与妻小商量，兀自欣欣然又去逛了鱼市，让人惊叹不已的是有那么多好看的观赏鱼，一路走，一路看，一路眼热，一路心跳，眼热的是鱼的灵动多彩，心跳的是鱼的品名身价，看见了通体闪光的金龙鱼，一条标价竟达两万八千元，还有鹦鹉鱼、银葩鱼、神仙鱼，价格也都不菲，手在口袋里捏了捏，眼睛便自觉躲开了这些特别名贵的鱼儿，专拣大众一些的鱼去选，选来选去还是觉得金鱼好，品种多，观赏性强，黑珍珠、红珍珠、五彩珍珠，小龙睛、大龙睛、大红帽子……哪一样都惹人喜爱。买了鱼还得买一个养鱼的玻璃缸。卖鱼给我的鱼商显然看出了我心中所想，极热情地向我推荐了一个三足的鱼缸，而我偏也一眼喜欢上了，一个有点憨头憨足的鱼缸，鱼商优惠了我一个半价，我便嘴里不满、心里却十分满意地买了下来。

一只手提着鱼儿，一只手提着鱼缸，兴冲冲回到家里，妻也高兴，女也欢喜，自己也便有了几分得意。

鱼儿是极为灵敏的东西，外界的风吹草动，都会触动它的神经，使其一惊一乍地在鱼缸中游动，所谓“雨细鱼儿生，风轻燕子斜”，便是对鱼儿特性的高度概括。换句话说，敏感的鱼儿有着极高的警惕性，仔细观察，鱼儿在水中，早早晚晚总是不合眼，游得累了，或许会伏在鱼缸底歇息一会儿，但一有风吹草动，鱼儿便会迅疾游动起来，仿佛要躲着什么，无谓地在鱼缸中窜游。真不知佛家从鱼的警惕性中悟到了什么，活的鱼敲不了，就刻制一个木鱼，无休无止地敲呀敲，“敲烂木鱼是人生”，佛家的这一句谶语，要告诫世人什么呢？

鱼儿有一张嘴，有嘴就要吃。

吃，不能说是鱼儿的缺陷，而是鱼儿的本能，所谓“高飞之鸟，死于贪食；深潭之鱼，亡于香饵”，说的就是鱼儿虽有高度的警惕性，却终究敌不过人的手段，挡不住物欲的诱惑。最典型的一种，江苏一带的渔民，欲捉拿味美的鲤鱼，往往先要捉来一条雌性鲤鱼，用线拴了，放入水中，使其“嘤嘤呜矣，求甚友声”，雄鲤鱼为“色”所惑，全然放松警惕，纷纷寻声而来，追逐左右，却不知危险就在眼前，轻而易举地被渔民捉来，成为盘中美餐。

很自然，养在家中鱼缸里的鱼，无须警惕渔人的钓饵，但对宠爱有加的主人却不能不提高百倍的警惕，因为溺爱同样可以要了鱼儿的小命。我敢对天发誓，我是全心全意地爱着我的鱼儿的，听说这些娇贵的家伙好吃水塘里的红线虫，我便每天出城一次，到灞河边的小水塘里捞鱼虫，拿回来看着鱼儿饱食，好像往鱼缸里投放多少，鱼儿就能吞食多少，小小的嘴巴追着投进鱼缸里的红线虫，一张一合，吃得那个欢实，吃得那个贪婪，让辛苦为鱼儿觅来食物的我感到莫大的荣幸，于是一次比一次捞的鱼食多，一次比一次喂得鱼儿饱。

悲剧不期而至。一天早上起来，看见鱼缸静悄悄的，水波不兴，心里就有些发紧，凑近了去瞧，可爱的黑珍珠、红珍珠、五彩珍珠，还有小龙睛、大龙睛、大红帽子，全都卧在缸底。捞出一条，死了；再捞出一条，还是死了……怎么都死了呢？像商量好似的，鱼缸里活蹦乱跳的鱼儿，一夜之间来了个集体死亡。

鱼儿的死亡让我很灰心，几次走到观赏鱼市场，想着再买几条回去，到终了却都没再买一条鱼儿。

有机会到欧洲去参加一个文化活动。带着遗憾离家一十七天，满身风光、满身疲倦地转回家里，眼前当即一亮，客厅几盆花草，生长得鲜鲜艳艳、蓬蓬勃勃，红的是杜娟、仙客来，绿的是酒瓶兰、龟背竹，另有几盆花草，我一时还叫不出名字，只觉得一盆盆的花草，都是为着迎接我回家而鲜艳着、蓬勃着……惊喜一个接着一个来，出国时空了的鱼缸，也有了鱼儿的游荡，都是我所喜欢的金鱼：黑珍珠、红珍珠、五彩珍珠，小龙睛、大龙睛、大红帽子，在鱼缸里追逐嬉戏，欢欢闹闹，此情此景，让我恍如梦中。我知道，这都是妻的功劳。忙工作，忙家务，忙孩子，一天忙到晚，天天忙，月月忙，年年忙的妻子，有这一份闲情，让我一时特别的感动。

“告诉你，以后别动我的花，别动我的鱼。”像是一句棒喝，亲爱的妻子在我久别回家来说的头一句话，就是这样一句警告。

我想，我回家来一时只顾与花草鱼儿热乎，把妻子晾在了一边，她在向我撒娇吧。问题看来不是那么简单，妻的神态是认真的，她加重语气对我又说：“以后你只管欣赏好了，花儿鱼儿我来养，像养你宝贝女儿一样，朵朵都鲜艳，条条都活泼。”

我听从妻子的警告，只睁着欣赏的眼睛看，不再给花草浇水施肥，也不再给鱼儿捉虫来喂。可我发现妻子对花草鱼儿也不太上心，好像是记起来了，给花草浇些水，给鱼儿喂些食。但奇怪的是，她这么不大经意、不太上心的养喂方法却使花草长得茂盛，鱼儿长得活泼。回头想想，我原来那么给花草勤浇水、勤施肥，给鱼儿勤捉虫、勤喂养，敢情都是个错。我不禁哑然失笑，一次与妻子谈起养闲的心得，很郑重地说："花都是浇死的。鱼都是喂死的。"

妻子却说起听来的一个故事，说是某个学院的某个教师，教学也说得过去，为人也说得过去，有一样却怎么也说不过去，老爱生气，一句话不顺耳，与同事生气，与领导生气，与妻子生气，与孩子生气，好像他没有哪一天不生气。学院一年一度评职称，名额有限，他们够条件的有一批，结果他没能评上，也不只他一个人，还有十来个人没评上，人家都罢了，他不成，找评委讲理，一大帮评委，他找谁就和谁生气，还找领导，找一次领导，生一回气，气得人住了医院。猜猜看，得了什么病？肝癌晚期，生气伤肝，昨天已到火葬场化成一捧灰了。

妻子的故事讲得我有些心酸。坦率地说，我也不是个心胸宽大的人，有时也会生气，听妻子这么说，我想自我检讨几句，妻子却先于我开了口："你说得对，花都是浇死的，鱼都是喂死的，而人呢？该不都是气死的吧！"

2002 年 11 月 30 日　西安后村

知常（跋）

去德国访问，了解到老子骑着青牛东来，在终南山下苦心孤诣，所撰一部五千言的《道德经》，在德国倒是为人极其重视，十个家庭的书柜里，九家都有《道德经》。他们不是把《道德经》置于书柜做装饰，而是都要认真阅读的。给我们到访者说这番话的人，是洪堡大学的一位资深教授，他这么说了后，还问我们访问团的人：可也读过《道德经》？很遗憾，我们中的绝大多数对德国教授的询问，表示出一种默然的态度，既不说读过，也不说没读过。我在那个令人尴尬的时刻，通过翻译，告诉他我读过《道德经》。我这么说了后，还补充了一句，说我就来自老子写作《道德经》的终南山下的长安。

德国教授高兴了起来，抛开访问团的人，凑过来和我交流了。

德国教授问我阅读《道德经》的感受，我没有隐瞒我的观点，给他说：“《道德经》的核心价值，就在于引导人们是要知常的。”我这么说后，还把《道德经》里的一段话朗诵给他听：“不知常，妄作，凶。知常，容。容乃公，公乃王。王乃天，天乃道，道乃久，得身不殆。”老子这么说，把知常这样一个道理，论说到了一个很高的位置，这也就是说，知常是很难的。但你如果真的体会到了“常”的内涵，你的人生观，还有自己生活的世界就会发生变化。至于如何变化，都在于个人的独特体会了。

十年前，西北大学出版社给我出版作品集，关心我的穆涛兄，在我把书稿交付出版社前，他先拿了去，仔细读了一遍。身为《美文》杂志执行主编的穆涛，总是谦虚地说他是个编辑，对此你不服不行，他的确是位很独特很有底蕴的大编辑，他呕心沥血，把《美文》杂志办成了发行世界各地的散文大刊，而自己来做学问，亦毫不含糊。我常到他太白路的居所里去，谈论我的创作计划。在他既做卧室又做书房的居所里，我看见的都是书，便是用餐的饭桌上也堆了一大摞。我好奇他不在饭桌上吃饭，而是在饭桌上吃书。最近一次去，还移步到他的饭桌前，看他读的是什么。做样子吗？在饭桌前，我发现他阅读的是上海古籍出版社出版的《汉书》。我是关中西府扶风籍人，修了《汉书》的班固，以及延续着兄长心愿续修《汉书》的班昭，也都是扶风籍人。这使我对穆涛的阅读生活来了大兴趣，把他阅读过的部分随手翻了翻，发现他没有做样子，他在阅读时，写了太多太多的眉批。好像是，眉批还不能满足他阅读时的感受，还在《汉书》旁边放着一册软皮的笔记本，密密麻麻地记录下了他许多的体会及认识。他这样的人，看了我的作品，是我的幸运，也是我作品的幸运。他最后和我商量，把我原来拟定的书名，重新做了命名。其中的一本，他命名为《把窗子打开》，而另一本则命名为《日常的智慧》。

我对他的重新命名很服气，知道他的命名是结合了我的作品内容的。

《把窗子打开》不说了，就说《日常的智慧》吧，我回头翻看作品集的文章，共辑了一百一十一篇短文，说的可不都是司空见惯的日常。

譬如《虫子吉祥》，我就说了我在菜市场买菜的体会，别人弹嫌白菜上有虫眼，还弹嫌萝卜、土豆上有虫眼，总是挑拣没有虫眼的蔬菜来买。对此我不好说什么，因为常识告诉我，人类对虫子有着深深的偏见，尤其是要作为食物的东西，就更忌讳虫子了，一旦是看见虫眼，就是要丢掉的，甚至对虫子可能爬行过的地方，也会一阵阵作呕。虫子，以及它所有的同类，都成了人们眼中的秽腥物。但是这有道理吗？我给人说，谁又能相信，没有虫眼的蔬菜，才是需要我们警惕的呢！而有了虫眼的蔬菜及水果，才可能是上好的呢！经验告诉我们，今天上市的蔬菜和水果，如果见不到虫眼，基本是打了农药的，不是打一次，而是在蔬菜生长的日子里经常要打的；而有虫眼的蔬菜水果，恰恰是安全的、保险的。虫子多么娇嫩呀，它们以身试药，用它宝贵的生命为我们人类检验蔬菜和水果，我们还有什么可嫌弃虫子的呢？

虫子吉祥，我是要祝福虫子的。

再譬如《吹捧老婆》："人生相遇，贵在相知；人生相识，贵在知心。"这不是我说的话，是摘录一家纸媒所做"吹捧老婆"活动中一位参与者的话。我知觉他说得对，而我也是这么做的，以至于一位知交很深的省级领导在一次全省大会上见到了我的爱人，把我爱人严肃地叫住，板着副大领导的脸面给我的爱人说："你怎么嫁了个没出息的男人？"我爱人被说蒙了，不知我犯了啥问题。她不解，也很紧张地说："他有问题，你批评嘛！"领导乐了，接下来给我的爱人说："他老在背后吹捧你，好像只有他娶了一个好媳妇，别人就没娶到。”领导这一说，我爱人释然了，便莞尔一笑说：“他就那个毛病。”

这是毛病吗？我吹捧老婆，她嘴上说是我有毛病，但心里是快乐的。我因此在家庭生活里得到了不少好处，洗衣、做饭这些家务活儿基本上轮不到我插手，都被我爱人包办了。

三句好话当钱使。我祝福虫子，我吹捧老婆，这可是再日常不过的事哩！

在日常中知常，是我们人都应该修习的一门功课，试想哲学和宗教之所以能被人们相信，都是因为哲学很好地解释了日常，宗教很好地关怀着日常，因此才能为人尊重和遵守。

真常庇物，真常得性，常庇常静，常清净矣！

2016年11月9日　西安曲江